北纬30度　30个爱与被爱的故事

菩提与樱桃

从印度到波斯

杨忆媛 著

浙江人民出版社

前　言

出发，最重要的就是要知道什么时候停下来。离开印度和伊朗其实有些年头了，但记忆似乎没有随着时光流逝而淡忘。我脑海中常常在某一刹那闪现出层层叠叠的记忆。时光，无始无终，没有尽头。

北纬30度线，这是一条集中构建人类文明起源，孕育了中华文明、恒河文明、古波斯帝国、两河文明、玛雅文明以及佛教、基督教、犹太教和伊斯兰教诞生地的独特的地球纬线。墨西哥、中国、印度、伊朗、伊拉克、埃及、以色列、美国等，这是一些国家的名字，更是人类文明记忆的标志。

岁月铸就文明，文明同样会雕琢岁月。对我而言，在印度与伊朗度过的时光，既是一次视觉之旅，更是一次心灵之旅。踏入陌生的国度，了解异域的神明，与过去的光阴、过去的人与事一一相见。古往今来，弹指一挥间，无数的灵魂曾在此找到归处，无数的心灵曾在此获得启示，古老而遥远的文明，曾在许多人生命的岁月里回响。如今，它们也在我的岁月里回响，它们该被更多人听见。

传说释迦牟尼曾在菩提树下静坐七天七夜，终于明心见性，悟道成佛，千秋万代，此道无绝。在印度，我曾抵达圣城瓦拉纳西，曾抵达孟买、加尔各答等城市，我认识了恒河边卖花灯的女孩，认识了在洗衣场洗衣的少年，认识了在孟买朝九晚五奔波的职员，我拜访了鹿野苑、阿旃陀石窟、泰姬陵、仁爱之家、泰戈尔故居，一步一步，我留下属于自己的足迹。

在恒河边漫步，你会看到水道交错、流水潺潺，有时候阳光洒在上面，泛起点点金光，到了月色朦胧的夜晚，你也跟着驻足停留。如果你不再寻找答案，只是去体会，不再等待结局，只是向前走，那么就能渐渐体会到这片国土独有的平静和幽玄。无论是人，或是古迹和景色，都秉持了一种超然与放下的哲学，他们的目光很远，能够越过生命的苦痛，越过不可预知的死亡，以虔诚而明澈的心地，等待超越轮回的永恒到来。

菩提是梵文"Bodhi"的音译，它的意思或被译为"觉"，或被译为"道"，也许对于印度人而言，觉悟即是此心之道，就算身处纷乱喧嚷的人世，也能够淡然以全始终。"菩提本无树，明镜亦非台，本来无一物，何处惹尘埃"，菩提无树，只是见人如见叶，见叶如见菩提，洗尽铅华，空明守静，是印度人与生俱来的气质。

沿北纬30度线继续向西，我抵达了伊朗，它曾以"波斯"的名字在人类的历史中惊鸿登场，波斯波利斯见证它的辉煌，古列斯坦王宫拼成它的美丽，伊玛目清真寺回响它的灵魂，伊朗的土地上永远不会缺少艺术与诗歌，书法家、音乐家、地毯匠人、手工艺人，他们都在以各自的方式创造文明、守望文明。

《樱桃的滋味》是伊朗导演阿巴斯·基亚罗斯塔米的成名

之作，影片获得了第50届戛纳电影节金棕榈奖。我很早就看过这部电影，并始终念念不忘，丰富的人生经历紧锣密鼓地占据了短暂的生命。影片中，企图轻生的男主角巴迪，遇到了一位满头白发的老人巴德瑞，巴迪没有向老人解释轻生的理由，他的心如同世上许多人的心一样，还没来得及打开，就已经筑起了高墙，老人没有追问，只是直言，自己也曾想了断残生，然而在最后一刻，偶然尝到了几颗樱桃，此时看到朝阳从黄土与尘沙间升起，那些关于生命终极的苦痛，忽然在樱桃的滋味中散去。他的话，言有尽而意无穷。

  伊朗是一个历尽沧桑的国度，也是一个甜蜜丰盈的国度。正如影片中立于荒野的樱桃树，茂盛地生长，甘甜地结果。伊朗的樱桃非常美味，的确足以感动一个心如死灰的人，每当我想起这个神秘的国度，我总会想起樱桃，想起生命的明珠与火焰。

  电影里说，人不能失去意义，而生命的意义，未必尽在高处。巴迪的旅途结束，一切似乎都没有变化，只是，日升月落，人间烟火，看惯了的景致，也会在某一刻变得瑰奇。

  失去，寻找，获得，回归，体验的重建，皆在旅途之中。

  印度与伊朗的旅途已经结束，但我仍在路上。

  我们在高楼大厦间的某个灯火阑珊的角落游荡，以前的乡村有模有样，现在的城市一模一样，城市太大，城市太吵，城市太忙，城市太冷，我迷路了，我孤单了，我难过了，我们哭了或者笑了。有人问泰戈尔三个问题：世界上什么最容易？世界上什么最难？世界上什么最伟大？泰戈尔回答：指责别人最容易，认识自己最难，爱最伟大。我们每个人生来就在和时间赛跑，青春在风中远去，无一例外。这是一个关于站在世界中央认识自己的故事，也是一个关于艺术生活和爱的故事，更是一个有关你我的故事。

柳忆暖

于杭州西湖

2023年3月

目录

第一章 它是你 …… 001

恒河 /002

古国与古城 /005

神使 /011

第二章 花与灯 …… 017

愿望 /018

彼此的导游 /023

敬一位陌生神明 /027

第三章 神之国 …… 033

鹿野苑 /034

为了漫长的胜利 /039

书页里的不朽 /044

第四章 存在间 …… 051

恒常净水 /052

格子 /056

最后的赞歌 /061

第五章 石中火 /065

慈悲 /066

千佛千面 /072

赴火的飞蛾 /077

第六章 爱为家 /081

家 /082

她的微笑 /087

落椿 /093

第七章 人间星 /099

永无战争的明天 /100

第三条道路 /109

第八章 寻常歌 /115

平凡的神圣 /116

棋局 /121

海上明珠 /127

目录

第九章 旧国都 …… 131

生命树 /132

万国之地 /141

火焰的余烬 /146

第十章 证道者 …… 151

阿尔巴因节 /152

河流横亘其中 /156

香如故 /159

第十一章 故乡事 …… 165

神赐的都城 /166

标本振翅而飞 /170

回响 /175

第十二章 为心声 …… 179

君子不器 /180

自我 /185

所见的真相 /189

第十三章　温柔乡 …… 193

悬挂体 /194

伊朗朝暮 /197

她 /200

第十四章　明珠色 …… 205

半个世界的地方 /206

日月如梭 /210

心弦的回响 /213

第十五章　长夜光 …… 217

永不熄灭 /218

伊朗美食物语 /221

晚来天欲雪 /225

第十六章　归去来 …… 229

遗憾 /230

爱与死亡 /233

返乡的长梦 /237

后记 …… 241

第一章　它是你

> 我的心把她的波浪在世界的海岸上冲激着,以热泪在上边写着她的题记:
> "我爱你。"
>
> ——泰戈尔《飞鸟集·29》

恒　河

我只是暂时地告别，但从来都没有离开；千年也只是一瞬，种种往事都在日月山川里落下帷幕。在无数个平稳的长夜，经常会浮现一个摇晃的梦境，梦里是永不止息的河流，我在其中漂浮，四周雷电交加，小舟渺渺，天地晦冥，那似乎是我第一天在恒河上坐船的场景。

迎着陌生国度的冉冉朝阳，恒河宛如生命的暗河，成为我难以忘怀的、深深压抑的记忆，尽管我早已离开印度，恒河的水声却从未远去，它终将化作脑海中奔腾的暗涌，一次次拍打着我的心灵。

恒河全长2580公里，如果从长度而言，它显然不是世界上最长的河流，但是在印度，恒河具有神圣、崇高的地位。"恒河"是它的中文名字，更贴切的翻译是，"自天堂而来的河流"，从名字上便已不难理解，它为何是印度人心中最神圣的河流，信徒奉献自己的敬仰与虔诚，圣洁的恒河水就会赋予他们重生的力量。正如泰戈尔所述，河水沐浴，就是依靠这种接触，不仅洗涤了肉体的污垢，而且洗涤了他的思想和灵魂。

恒河是印度的母亲河，浇灌了广袤肥沃的土地，滋养着两

恒河

　　岸的儿女，孕育了历史悠久的恒河文明。千百年来，印度的人民沿河而生，世代居此，他们依偎着恒河，繁衍生息、劳作生产，诞生了众多的神话传说与宗教仪式，构成了其独特的风土人情。

　　在恒河岸边，自上而下修建了很多石阶，上百个伸入水中的阶梯状河坛沿河排开，从最南的阿西石阶到最北的弥沙石阶，全长绵延约六公里。其中有可供妇女每天清晨成群结队洗衣的道比石阶，有每晚举行宗教祭天仪式的达沙诗瓦麦石阶，还有景色优美的河西石阶，每个石阶都有自己独特的景观，都有自己特殊的功用。

站在恒河的石阶上举目望去，满眼都是各种不同装束的人，他们怀着虔诚的心从四面八方来到这里。能到恒河中沐浴，这是印度教教徒人生莫大的荣幸，他们希望能用圣水冲刷今生的苦难和罪孽，他们相信在人的一生中，至少要有一次来到恒河中沐浴净身的机会。

拾级而上，我看见宗教的圣殿、佛塔、寺院，无论是密布的民居、迷宫般的小巷，或者繁忙的店铺，都紧挨石阶而建。仅仅是透过石阶上下忙碌的身影，就可以直观地感受到印度人的日常生活、民俗信仰。这些石阶既是现实生活中便于通行的普通石路，也是通往精神解脱、心灵家园的阶梯。人与神，在此发生联系，这个神秘的国度，也沿着恒河向我展开。

太阳已经跃出了地平线，一扫破晓前的寒冷，与世无争的宗教信徒们正忘我地吟诵着悠扬的颂歌，朝霞落入恒河的水波，在他们身上投下潋滟的光明，这份宁静与神秘，历万劫而不改，身入红尘，心归净土。

恒河之下，有汹涌的暗潮和漩涡，小船并不平稳，甚至摇晃

初生的婴儿在恒河边接受洗礼

得相当厉害。我初来乍到,在这样的异国他乡,却想起家乡的戏文,那是昆曲《桃花扇》中的唱段:"世事无常,浊浪滔滔,谁个不在舟中。"

三千世界,谁又不在舟中呢。

古国与古城

　　印度文明先后由两条河流孕育而成,先是印度河文明——印度河是古印度文明的始发之地,不过在印度河文明消失以后,恒河文明取而代之,一直到现在,恒河文明都是印度文明的主宰。

　　印度河发源于冈底斯山,大约在公元前2300年至公元前1750年,印度的土著居民创造了以哈拉帕和摩亨佐·达罗为代表的印度河城市文明,但是这一文明在公元前1750年左右,莫名其妙地消失了,消失的原因究竟是雅利安人的入侵,是战争、气候、环境恶化、瘟疫,或者别的什么原因,至今没有定论,正如这条河流上的生命,悄悄地到来,又悄悄地离开,没留下一丝痕迹。

　　恒河,发源于喜马拉雅山南麓,其上游源头之一为孔雀河,孔雀河尽头的冈仁波齐峰,海拔6656米。冈仁波齐,在藏语中意为"神灵之山",在梵语中意为"湿婆的天堂",同时,据说它也是佛教教徒眼中的须弥山，而在冈仁波齐的东南隅，坐落着圣湖玛旁雍错，它是《大唐西域记》中的"西天瑶池"，神山圣湖，如日月交辉。

　　那一年，磕长头匍匐在山路，不为觐见，只为贴着你的温暖；

　　那一世，转山转水转佛塔，不为修来世，只为途中与你相见。

这是六世达赖仓央嘉措的诗歌。神山巍峨入云，各国、各地的信徒们，为了各自敬仰的神明，每年都会举行盛大的转山仪式，以凡躯，朝高天。

山巅冰雪终年不化，澄澈清白，未染纤尘。

恒河的最长支流是亚穆纳河，亚穆纳河发源于印度西北的本德尔本杰山西南坡，距离恒河发源处的根戈德里大约90公里，它与恒河同方向，并列向下而流，经过印度首都新德里和莫卧儿王朝时期的首都阿格拉，最后在安拉哈巴德与恒河汇合。

而以恒河的视角而言，它流下喜马拉雅山，在古城哈德瓦附近进入平原，与亚穆纳河汇合后，继续流经佛教、印度教和耆那教的三教圣域瓦拉纳西。随后，恒河又汇集了诸多支流，如哥格拉河、宋河、干达克河等，浩荡奔流，途经在古代被称为"华氏城"的佛教圣地巴特纳城，最终在孟加拉湾入海，也正是在这里，恒河形成了世界上最大的三角洲——恒河三角洲。恒河全长2580公里，流域面积90.5万平方公里，是南亚最长、流域最广的河流。

在印度的神话里，恒河是孕育生命的母体，印度人认为在恒河中沐浴，可以使人返老还童、青春焕发、由丑变美、由盲复明。历史，给生活带来财富，也为精神树立丰碑。

世界四大文明古国，其实都是大河文明，尼罗河孕育了古埃及文明，底格里斯河与幼发拉底河滋养了古巴比伦文明，黄河孕育了中华文明。恒河，也同样负载了相当深厚的文化内涵，在印度，无数迷人的神话故事都与恒河有着不解之缘，恒河之畔，曾伫立过无数先贤。圣人在恒河岸边的静修林里悟出了宗教圣典，而被誉为古印度百科全书的两大史诗《罗摩衍那》与《摩诃婆罗多》，它们的作者蚁垤和毗耶娑，同样也是恒河边的"大仙"。

印度文化不同于其他文化的最鲜明特点在于，它将恒河作为人民的精神中心。中国有一句老话，叫作"一方水土养一方人"，恒河对印度的意义却不只是"养"，而是整个文化的表征，全部国民的信仰，印度人愿为之付出自己最为珍贵的感情。

我抵达的城市，叫作瓦拉纳西，在梵文中，瓦拉纳西意为"洞悉生命的眼光"，是个温柔而干净的名字。它是印度的一座圣城，位于恒河中游，这条大河从南向北奔流，到这里拐了个大弯，整座城市依河而建。

菩提与樱桃：从印度到波斯

据说，6000年前，这里就已经初具规模，是世界上仍有人居住的、最为古老的城市之一，人们称这里为"印度之光"，瓦拉纳西在印度人心中的地位，如同耶路撒冷在以色列人心中的地位一样，它是印度教徒心中的圣地，据说印度人一生有四大乐趣——住瓦拉纳西、饮恒河水、敬湿婆神、结交圣人，其中三项，居然都要在瓦拉纳西实现，那么有人将瓦拉纳西称为

老人在恒河边阅读，月光静默，生命澄澈

第一章　它是你

"洁净的起点",也就不足为怪了。

有那么一段时间,我每天一早从恒河出发,逆流而上,晚上又坐着船顺流而下。或许是因为印度的宗教,因为独一无二的神明,让这里的人们拥有某种独具匠心的馈赠,所以我几乎感受不到时光的流逝,在日复一日的生命里,仿佛有一份变中不变的永恒存在,自然与生活,皆可凝结成瞬间,从中获得有如神谕的感悟和启示。

冥冥之中,有种沉静的力量,将我从争分夺秒的紧迫感中剥离出来,我意识到,也许人与人的道路不尽相同,但总有一些东西会殊途同归。

瓦拉纳西,凌晨4点,晨雾迷蒙。

当点点残星还悬挂在天际,居住在恒河两岸的男女老少就已经忙碌起来,船工开始上船,洗衣工开始洗衣,所有以河为生的人们纷纷走向河边——印度的一天是从圣河开始的。

在恒河水中敬奉湿婆神、洗圣水澡,这是印度教教徒每天必做的两项宗教仪式,这种文化和民族性格,以跨越古今的巨大力量,吸引着印度人寻找生命与灵魂的归宿。尘世的喧闹无处可逃,内心的宁静唯有依靠自己修渡,随着全球化时代的到来,那些复杂的、纠结的、矛盾的事物已经不再是孤立而独特的存在,人们常常在恒河边上入定冥想,并从中获得解脱,那些现实、物质、欲望的念头,即使存在,也要舍弃。

印度人追求精神解脱,他们把痛苦看作是人生必需的经历和修行,这种宗教文化传统无疑影响到了每个人的精神世界。

菩提与樱桃：从印度到波斯

早晨刚刚闻过带有露珠的菩提树叶，此时，窗外已经落日黄昏，晚霞漫天，光阴恍惚，一眨眼一天就过去了。当我行走在这个国度的大街小巷，无论从社会的哪一个角落投下凝视，都会在很多个时刻，在无数生命的精微之处，察觉到他们安然的内心世界，他们活着，却不具有多么强烈的目标感，取而代之的，是一种淡定、喜乐的生命状态，这就是中国人所说的随遇而安。

恒河沐浴，这是印度最寻常的景象，神明的月光从未离开这片国土

神　使

在印度，很容易陷入哲学的深渊，不知不觉就会走入人生的迷宫。

儒家教会我们的是，每个人生来就要踏入社会，如何秉持仁爱、尽忠职守，成为一位光明磊落的君子，才是最迫切的修行。美国学者赫伯特·芬格莱特在研究孔子的时候，曾说道："对孔子来说，他有一种关怀是多么的重要，这种关怀就是：我们每个人都要奉献自己最旺盛的精力和无条件的忠诚，为的是使我们自己成为一个真正的人。"

傍晚，神秘的夜祭在恒河岸边开始了。

大约是到了晚上7点，祭祀的歌声在河边响起，于是河畔便成了整座城市最热闹的场所。此时，置身在瓦拉纳西这座古城，穿梭在破旧嘈杂的街道，看着色彩变幻、络绎不绝的人流，会有恍如隔世的感觉。

恒河的石阶是有严整的功能划分的，生与死的石阶不能混淆，浣洗与祭祀的石阶不能混淆。在神明的注视下，他们就这样有条不紊、泾渭分明地依偎在母亲河的身畔。承担祭祀功能的石阶，叫作达沙诗瓦麦石阶，仪式通常由几位俊美的祭司主持，他们把装满清水的法螺、眼镜蛇和生命之树造型的灯，以

盛大的恒河夜祭，观者如堵

及大筐的玫瑰花，在鼓声和歌声中举向四方。

暮色里，年轻纯正的婆罗门祭司就这样重复地吟唱、舞蹈，他们面向恒河，神色肃穆，姿态虔诚，我不能完全听懂那些赞歌，但知道大意是感谢恒河的恩赐，表达对恒河的崇敬。

不知从何处，传来悠远的钟声。

人们日复一日，满怀深情，诉说着对神的信仰。

我在此认识了一位来自中国的学者，他以指为笔，蘸着恒河水，在石阶上写下一句梵文：

"它是你。"

他向我解释："这是《薄伽梵歌》中最精华、最抽象的一句话。"

《薄伽梵歌》，或者也可被译为《神之歌》，至今仍是印度

第一章　它是你

最流行的一部宗教哲学经典。"它是你",所谓"它",是一切有生命的存在,所谓"你",却不是你,也不是任何一个具象的角色,"你"的身份,不是由社会现实决定的,而是由抽象意识决定的。

这句话与庄子的"天地与我并生,而万物与我为一"颇为接近,是一种空明澄澈的内心状态,它并不彰显人的尊严与力量,而是强调一切生命,皆有尊严,皆有力量。

不少印度人相信,有些动物是超自然力量的化身,这种宗教意识让他们对这些动物产生了敬畏之心,并由此诞育了"不杀生"的观念。在印度的新德里,动物种类竟然多达450多种,仅次于非洲的内罗毕,这无疑是一个奇迹,一个由宗教信仰所创造的奇迹。

据说70%以上的印度人都吃素,也许这正是信仰在日常生活里的实践,我在印度听过、见过许多奇怪的事:比如有一位放生了毒蛇的村民,在夜晚到来时却被这条毒蛇咬死,即使知道它的危险性,印度人依然不忍杀生;比如在中国人人喊打的老鼠们,甚至能在印度拥有一座供奉的庙宇。我问起这些行为的缘由,得到的答案是,因为谁都不能确定,在下一次的生死轮回之中,自己是否会变成一条蛇,或者一只老鼠。

"它们也可能是我。"

老人用略显责备的目光注视着我,仿佛下一句就是,"它们也可能是你。"

在此之前,即便是做一万次假设,我也从未想过下辈子成为一条毒蛇或者一只老鼠的可能性。但这在印度的观念里，却是非常切实严肃的问题。所以，他们像对待自己的同胞那样，对待这些并生世间的生物，像爱着他们的神明那样，爱着这些微小的存在。

我终于可以解释，为何在印度的大街上，人与动物和谐相处的景象随处可见。蛇可以随意出入人的住所而受到善待，老鼠可以喝到人们为它准备的牛奶。印度文化强调尊重一切生灵，包括动物、植物，乃至江河湖海、山川大地，他们将爱推广至于天地万物间的一切生命，他们深信，因为人是有轮回的，所以，也许自己的前生、来世，会是某一种动物，或者是某一种植物，所以尊重生命，实际上就是尊重自己。

印度是牛的天堂，人们在家中饲养牛，给牛起名字，同牛说话，用花环和绶带装饰牛，甚至赋予它们信步游走的权利，牛群不仅可以自由自在地漫步于田野，甚至还可以走在城市的街道上、走在高速公路上。当它们浩浩荡荡地穿过闹市时，连汽车都要为它们让路，警察也束手无策，这大概是世界上独一无二的"人让牛"的景观。

在瓦拉纳西这座小镇上，我就常常能见到这样的景象，牛在马路上泰然自若地休息，汽车和行人都默默为之让路，牛在市区里漫步，它永远拥有绝对的、先行通过的权利。

对印度教徒而言，牛是主神湿婆的坐骑，所以敬牛如敬神。他们认为每头牛背上都乘坐着湿婆神，正在巡视印度大地，这是一种神圣的宗教感情。

第一章　它是你

中国人常说，举头三尺有神明。因为在我们的印象里，神明是高高在上的，他们可能居于九重天，也可能居于海外仙山，但绝不会混迹于凡尘市井、灯红酒绿之中。但是印度的神明，正坐在牛背上，默默无声地穿梭于每条街巷，人们看不到神明，但坚信神明正在注视着自己，每天都会擦肩而过。

瓦拉纳西的牛，任凭周遭喧嚣，永远闲庭信步

在瓦拉纳西的第九天，我走在路上，与一只野猴子迎面相遇，它横在路中，看着我，丝毫没有让开的意思。

我绕了几步路，希望没有打扰它继续晒太阳。

毕竟，它们也可能是某一次轮回中的我。

第二章 花与灯

「我们萧萧的树叶都有声响回答那风和雨。你是谁呢,那样的沉默着?」

「我不过是一朵花。」

——泰戈尔《飞鸟集·23》

愿　望

再温柔的雨，也有浸湿大地的力量，当酷暑过去，雨季也就结束了，这里迎来了风和日丽的秋天。对于印度人来说，秋季是"圣花"金盏菊的丰收时节，它们汲取了人间的阳光和雨露，一场花事在这时候登场，淡淡的清香将城市包裹其中，10月，也因此而成为一个花香满溢的月份。

今天，花市的金盏菊格外畅销，人群川流不息，延续着绵延千年而不绝的繁华。天刚刚亮，四周的交易已是一片忙碌，因为今天是个特别的日子。

"买一盏花灯吗？今天是杜尔迦女神节。"

一个小女孩向我发问，目光中充满了期待。

漫步在恒河边，这些卖花灯的孩子简直随处可见。他们售卖的花灯是用菩提叶或金盏菊做成的，人们将它轻轻放在水面上，然后向这盏小小的花灯诉说心中的祝福或祈祷，于是，花灯满载着人间的愿望，慢慢漂向遥不可及的另一个世界。

每年都会有上百万的印度教徒来到恒河边沐浴净身，所以，每当黄昏到来，宽阔的河面上就会亮起一片灯火，信徒们把自己对神的敬仰寄托在灯上，让它代为寻找精神的家园与心灵的故乡。

第二章 花与灯

我多次看见这个小女孩,她仿佛是住在恒河岸边的一位"修行者",无论我什么时候到来,总能看见她提着一篮子花灯,穿梭在熙攘的人群里。

但我还是婉拒了她,因为我对他们的神明和节日,既不熟悉,也不信奉。

她却停住脚步,好奇地看我,"你从哪里来?"

"中国。"

"哦!中国。"女孩说,"我很少遇见中国人。"

女孩名叫 Poonam,今年 12 岁,她很自觉地充当起我的小导游,"为了庆祝杜尔迦女神战胜了阿修罗,我们要把女神的神像投入水中,送回母亲河,这样她就能和家人团圆了。"

信徒们会用禁食、开宴或者其他各种活动来庆祝这一天,祈祷女神能够带走一年所有的不如意和悲苦,为此,他们会载歌载舞,将神像从各地纷纷运来。

我点了点头,"原来是这样。"

"你看,那是拉普一家,"女孩指着一辆运送神像的卡车,神像上供奉着几个金盏菊的花环,卡车上的人正载歌载舞,"他们住在西孟加拉邦,每年都来。"西孟加拉邦首府加尔各答的大街小巷在节日期间会搭建起 4 万到 5 万座杜尔迦女神像的临时祭坛和神庙,整个邦的人不分年龄、宗教信仰和性别,全民都参与到节日的筹备和狂欢中。历史上,杜尔迦女神节还曾经成为印度独立运动的象征,英国殖民时期,女神节的宗教活动遭到统治者的禁止,然而宁可流血,印度人也绝不放弃这个节日，因为在他们的心中，这是诸神中威力最高的女神，她会加持人们实现获得自由的愿望。

"他们村子里的人，半年前就已经开始准备啦，他们沿着亚穆纳河而来——你知道亚穆纳河吗？"我的小导游滔滔不绝地向我介绍起印度的节庆和风俗，我对她表达了感谢，她于是笑起来，"那么，你愿意用中国的故事，和我交换吗？"

"你听过中国的杭州吗？"

我在石阶上坐下，她在我旁边整理着花灯。我拿出纸笔，告诉她，我出发的地方叫杭州，并在纸上将杭州和瓦拉纳西连在一起，她说："在一条线上呢。"

我说："这是北纬30度。"

古代世界的四大文明都兴起于大约北纬30度的狭长地带，很难说是巧合，还是天意，我用尽量通俗的语言说起杭州的良渚文明，解释它对中华文明的重要意义，沿着这条线，我说到三星堆、说到冈仁波齐，顺便在包里找出一张50元的人民币，翻到背面给她看，"这就是布达拉宫。"

她把纸币举到眼前，仔细地看，"离天空这么近，不就像飞起来一样吗？"

芸芸众生，各自行走在大地上，双脚踏入尘埃，眼睛却总要望向天空。尤其是在西藏，在那片神秘的高原，总有信徒匍匐在神山的脚下，一步一拜，转山转水，虽然天空注定无法抵达，但是，长风来处，神明照我，此心若分明，焉知不是高飞。

第二章　花与灯

我沉吟的时候，她依然在欣赏纸币上的陌生景色，"他们经过轮回，可能会变成一只鸟吧？"想了想，她又说，"我也想变成一只鸟。"

这样说的时候，她的神色似乎有点寂寞。

后来，她告诉我，她的妈妈也是恒河边卖花灯的人，因为马上要过节了，所以妈妈一早就把花市买来的金盏菊送到订花人的家里，让她留在这里继续卖花灯。家里还有一个哥哥和一个弟弟，她和妈妈要赚钱供他们读书，也要负责打理一切家务，她很少谈起父亲。

因为在父亲眼里，女孩子是没用的。

除了嫁人。

这是印度的常态，不过在 Poonam 的认知里，历史古老的中国似乎也是个绝对的父权社会，所以她问起我的职业，得知我是个纪录片导演以后，她紧接着问到的第二个问题就是，"那你嫁人了吗？"

我只好哭笑不得地向她解释我已经结婚了。

重男轻女的确是一些老辈人的观念，但现在的中国已经不是从前的旧中国，或许是一些时代政策的缘故，倘若家里只有一个孩子，父母就不能有所偏私，当我们从那个时代过渡而来，很多成见似乎也随之瓦解。

这一瞬间我感到有些庆幸，因为中国的女孩，大约不会这样问我，这样的问题可能只来自印度这个国家。

可是，尝过五味杂陈的烟火后，让我感受到更多的是无

为孩子们祈福的母亲，正在准备仪式所需的物品

奈，这种无奈既是一瞬，也是一生，既带我们打开伤痛的一刻，也帮我们去愈合，因为世界上依然有这样的女孩们，命运之绳紧紧地将她们束缚住，让她们过着自己都无法选择的一生。

天色已经完全暗下来了，祭拜恒河仪式的附近，有一群身着纱丽的女人正在聚会，她们都是素食主义者，已经3天没有进主食了，只靠水和水果维持，她们此刻共享同一个身份，母亲。

街市售卖的金盏菊花灯

第二章 花与灯

"那个就是我妈妈,她在为我和哥哥、弟弟祈福。"

母亲们围坐在一起,捐赠食物和鲜花,默默许下她们对于孩子的愿望,Poonam的妈妈把今天卖花灯的工作完全交给了女儿,将自己全心全意奉献给了神明。

我微笑低头,轻声问女孩:"你妈妈会为你许一个什么样的愿望?"

"她会希望我平安健康地长大,然后……"

我猜测那位母亲的愿望,应该是让Poonam嫁一个好人家,她可能不知道,女儿的愿望,其实是变成一只飞鸟。

灯火摇曳里,女孩的脸隐在阴影里,有些看不清。

我还在等她的下文,可是她沉默着,没有再开口,我意识到,在现实面前,我们无法渡己,更无法渡人。

彼此的导游

虽然说瓦拉纳西的生活节奏相当缓慢,但每一天,世界上醒得最早的城市,也许就是这里了。凌晨,夜色的漆黑还未褪去,灯火罩在迷蒙的雾气中,人影晃动在幽暗的灯火下,一路上,车辆、行人、摊贩、乞丐、圣牛、野猴,随着恒河的越来越近而越来越多。

从印度各地而来的朝拜者,从世界各国而来的游客,纷纷向这条奔流的大河涌来，对生命的一往情深，对人生苦短、世道轮替的万般无奈，都成为他们走向恒河，以求心灵平静的理由。路上蹲着几个黑瘦的女人，她们唯一出售的东西是苦楝树枝，短短的，看起来有些奇怪。

"这个牙刷一般长短的东西，是做什么用的？"

我的小导游闻言，立刻笑起来，"它们就是牙刷呀。"

缓缓流过的恒河水里，站着许多印度教徒，他们正在刷牙，我仔细看去，确实是这种树枝无疑。

瓦拉纳西有印度人最原始的生活情景，但行走其间，往往容易迷路，因为错综复杂的小巷，是这个古城最大的特点。

上岸，从红色城墙砖石堆叠而成的台阶进入古城，穿过热闹的市场，仿佛一脚落入烟火日常。各种兜售工艺品、印度纱丽的小贩，吸引了不少着迷于印度风情的游客，不过印度人到瓦拉纳西，大多是为了在恒河沐浴朝拜，所以深受本国人欢迎的永远是那些售卖浴盆、肥皂等洗浴用品的商店。

一路上不断遇到问我是否需要坐船、买东西、介绍饭店客栈等的印度人，还会有吵闹着要为我带路的少年，会有希望我尝试绘手的女孩——她们用的是一种名为Hanna的植物液体，这是印度女孩们的时尚，在皮肤上能保留一周左右的时间。

手，在印度是万能的，不需要各种盛饭器皿，街边随处可见的小吃，基本都是用手完成制作——值得一提的是，必须是右手。印度人在左右手的功能划分上，泾渭分明，左手用来上

第二章　花与灯

厕所，右手则负责其他一切事务，所以无论是日常与人接触，还是在寺庙中供花，都是绝对禁止使用左手的。

Poonam领着我去了瓦拉纳西的小吃街，我用10元人民币换了100卢比，按照印度的物价，简直可以吃遍一整条街。

小导游向我介绍了印度的灵魂小吃Pani Puri，据说在当地，差不多是网红级别的食物，其实就是油炸空心土豆球，佐以各式各样的酱料。印度人主张素食，偶尔会吃鸡肉，也吃羊肉，所以对于油脂的摄入，往往有所缺乏，我在这里遇见的不少食物，都添加了丰富的黄油，油炸食物也非常多。

我站在旁边，面目凝重地注视着小吃摊主的动作，他除去从油锅中捞起食物的步骤以外，几乎没有使用过工具，就算是煎饼，也可以用手在锅边完成翻面。土豆球出锅，加入土豆泥、色拉油，在调好的汁水里捞过一遍，摊主接下我的付款，熟练地找钱，然后，将各色食材搅拌均匀，递到我面前。

小导游正热切地看着我手里的食物，于是我慷慨地将这份网红土豆球递给了她。

她吃得很愉快，且安然无恙。

提起印度，咖喱总是无法错过的标志性美味，这个词的本义就是许多香料的混合，在当地民间传说里，它是释迦牟尼的赐惠；另一种说法则是，咖喱的诞生源于波斯饮食习惯的影响，而声名远扬的印度抓饭"biryan"同样来自波斯语，这两个共存于北纬30度的古老国度，早已在岁月里留下彼此的痕迹。

时间过得很快，到了必须回家做晚饭的时间，Poonam 向我告别，并约好第二天再来交换故事。

因为这个约定，她的脚步有些雀跃，"明天我又要去中国旅游啦！"

女孩最喜欢和游客们交换故事，只要听到那些她未曾闻知的景色，仿佛就真的能够去到那些遥远的土地一样，虽然她没有接受教育的机会，但她会把听来的这些故事，当作她小小人生里宝贵的"游历"。

我请教她都去过哪些地方。于是，我的小导游开始如数家珍，她去过巴黎的埃菲尔铁塔和卢浮宫，去过伦敦的威斯敏斯特教堂和格林尼治皇家天文台，去过纽约的自由女神像和华尔街，她甚至骄傲地宣布："我连北极都去过哦！"

"真是个大冒险家！"我热烈捧场，并且作为她的中国导游，也感到了一些小小的压力。

她离开的背影，显得更加雀跃了。我站在原地，目送她慢慢远去，想起第一次见面的情景。

此刻，金色的晚霞里，我忽然看见一朵迎风盛开的花。

离天空很近，就像飞起来一样。

第二章　花与灯

敬一位陌生神明

印度被誉为宗教博物馆，在这片土地上，诞生了4个本土宗教：印度教、佛教、耆那教和锡克教。其他外来宗教，则几乎包括了世界上所有的宗教，如伊斯兰教、基督教、拜火教、犹太教、大同教等。本土宗教毫无例外地诞生于恒河流域，这里也是印度神话的发源地，千百年来，虔诚的教徒们长途跋涉，翻山越岭来到这里朝拜。

繁华世界，不过是一掬恒河水。

《摩诃婆罗多》是印度两大史诗之一，在河边，Poonam给我讲述了其中记载的洪水神话：摩奴是太阳神毗婆数的儿子，某天洗手的时候，有只鱼儿跃入他的手中，告诉他洪水将至，于是摩奴将鱼儿养在身边，并开始建造大舟。等到洪水到来的时候，摩奴把舟系在鱼鳍上，鱼儿带着他找到了仅存的陆地——原来鱼儿的真实身份是梵天。摩奴向神明祭祀，于是得到了一位少女作为妻子，摩奴就此成为人类的始祖。

"和诺亚方舟的故事很像，对不对？"

女孩的表情有着小小的骄傲，因为诺亚方舟的故事，是她从其他游客那里交换得来的。

她的眼睛很亮，里面有飞鸟的灵魂。

印度有许多来自欧美的旅客，但是中国的旅客很少，所以她的故事库里，并没有多少中国的故事。我听完她的讲述，和她交换了中国的洪水神话——大禹治水的故事。

Poonam托着下巴，听完了来龙去脉，很惊讶地问我："所以，大禹并不是神？"

"不是，他是人。"

"没有神来帮帮他吗？"

"没有。"

"为什么呢？"

我被她问住了，恍然间，有种清夜闻钟的彻悟。

自从来到印度，我的内心屡屡感到一种难以言说的冲击，我被迫叩问心扉，自我反思，一次次追问，活着的终极目的是什么，活着的信仰又在哪里？印度的季风没有带来凉意，吹不开那些混沌的迷雾。虔诚的宗教文化交织着冥思苦想，使人的思想偶尔带有了一些迷信色彩。

可是，在女孩天真而无心的疑问中，我忽然明白了，华夏的儿女，究竟在信仰什么。

在印度人的心中，无论是摩奴创世，还是诺亚方舟，都有神明的预言和指引，一路寻找，中途不论有多少折返，都不会令人迷失。世界浩劫，洪水覆灭一切，唯有遵循神谕的天选之子，才能够获得庇护，幸免于难；但是在中国的土地上，没有神明，只有一个普通的凡人，带领着无数同样普通的凡人，兢兢业业，四方踏遍，以至于"三过家门而不入"。于是，我们

第二章 花与灯

赞美他，歌颂他，为他留下不朽的传说，将他的故事代代相传。

这不是一个神救人的故事，而是一个人救人的故事，或者说，是一个人们扶持相助的故事，中国的神话其实没有神，只有平凡里挺身而出的英雄。

"因为中国是无神的国度。"我回答她，"凡夫俗子，未必不可逾越高天。"

"那么，"她还是很困惑，"你们信仰的是人吗？"

恒河上的小船工与小导游Poonam一样，生活与这条河流息息相关

我向她说起中国的孔庙、关帝庙，还有许多神仙飞升的故事。

"我明白了，"我的小导游总结陈词，"如果做了好事，大家就会追随他，他就会变成神。"

印度人相信生死轮回，甚至可以说，"解脱"是印度人的最高目标，这是印度文化不同于其他民族文化的一个重要特征。从好的方面看，他们很少将物质与名利作为孜孜以求的对象，可是从另一方面看，当痛苦与不公降临时，他们也会将其认作命运的安排——不过这对中国人而言，似乎是最不能忍受的部分。对死的不同理解决定了两个民族对待现实人生的不同方式，这里只有选择的不同，没有高下的判别。

在瓦拉纳西停留的日子里，我常常会去给 Poonam 讲故事，她也总盼着我的到来，但是我却越来越怀疑，自己的所作所为是否正确，如果她的一生都这样有条不紊地进行，那也意味着，她将永远住在这座小镇里，听天南地北的游人，讲大千世界。

海阔天空的灵魂，和困于方寸的现实，会不会终有一日，成为她难以释怀的痛苦和落差？我无法作答，因为我也只是一位行色匆匆的旅人，我和她萍水相逢，也只是在偶然相遇的路口，彼此留下宛如蜻蜓点水的投影而已。

这些须臾交会的光亮，她记得也好，忘掉也罢，终归，每个人的生命，都是一场无法预见、无从知晓的旅程，结局或许不能更改，但时间永远向前。

第二章 花与灯

离开瓦拉纳西的那天,我决定买两盏花灯,将其中一盏递给她,邀请她和我一起放灯。

她感到非常意外,然后,不好意思地笑起来。

"我卖了很多灯,但是没有人邀请过我。"

于是,我们肩并肩在河岸蹲下,她将花灯送入水中,双手合十,闭着眼睛,祈祷时无比专注,我学着她的样子,也许下自己的愿望。

睁开眼,花灯已摇摇晃晃地顺着水流漂去,它显得那样脆弱,仿佛一阵风、一个浪,就能扑灭似的,我莫名也紧张起来。有时,偏偏正是一些微不足道的细节,成就了记忆长河中永远珍贵的瞬间。

有长夜,也有灯火,河面上,一盏盏纸灯付诸流水,一串串花环逐波而行,在夜晚,像是坠落人间的群星,很难想象,眼前的这条河,究竟承载了多少悲欢离合的愿望。我突然想起希腊作家卡赞扎基斯的话来,"凡人听不见空中的歌声,他们眼盲失聪,只顾闷头俯首,在命运的主宰下费劲划桨。"

Poonam 也在目送她的灯,那朵小花走得并不平稳,在汹涌的波涛里,起起伏伏,倔强地朝向远方,不肯熄灭自己的光明。

望见她的微笑,我知道她一定许了个飞鸟的愿望。

我的灯已经漂远,很快就要消失在视野的尽头。在岁月的变迁中,"变"与"不变"是永恒的主题,生命恰如眼前的长河,波涛风雨,前路漫长,不知尽头何处,正如《红楼梦》中林黛玉《葬花吟》中吟咏的那样，花儿的生命或许太过短暂，盛开也不过一季，倘若神明有知，愿能安放这朵逐水而漂的花，应允她生长，放还她自由。

  我的愿望，不只为眼前这朵已见过的花，也为了世上那些，我未曾晤面的、千千万万的花。

第三章 神之国

> 萤火对天上的星说道:「学者说你的光明总有一天会消灭的。」
> 天上的星不回答它。
> ——泰戈尔《飞鸟集·163》

鹿野苑

在瓦拉纳西开车,速度需要相当缓慢,毕竟随处都是闲逛的牛,它们正在大街上大摇大摆地走着,也会有牛旁若无人地在马路中央休息,我只好入乡随俗,为他们让路。

瓦拉纳西有个地方叫鹿野苑,它是佛教的四大圣地之一,相传释迦牟尼在菩提伽耶成佛后,来到这里讲法传道,法轮初转。时间,平凡又珍贵,短暂而永恒,岁月继续如水而逝。在1000多年后,玄奘法师历经磨难,赴西天取经,他的目的地就是这里,他既是想求得古老的经文,也是为了从印度人的智慧中寻找人生的真谛。

玄奘离开长安的时候,中国的唐王朝,正逢太宗皇帝的贞观之治;玄奘抵达印度的时候,又正逢戒日王在位,印度的古典文明虽已走到了日落之时,却也因为戒日王的非凡才能和文化开明,依然呈现出奇异的绚烂。

数十年修行,朝暮春秋,枯荣刹那,而梦里的长安,只需要一声钟响。公元645年,玄奘法师回到了长安。山川依旧,更迭的只是王朝,时光仍在,流逝的只是生命。两年后,印度的戒日王去世了,在此之后又是两年,中国的唐太宗也去世了。不同的是,唐太宗死后,唐王朝继续走向强大和繁荣,佛

第三章 神之国

教由于唐高宗和武则天的推崇，终于迎来了在中国的全盛时期，玄奘也因此更受尊崇；戒日王死后的北印度却恰好相反，国家陷入了长期的分裂和战乱。

在印度几千年的历史中，国土常常处在四分五裂的状态，没有人比阿育王拥有更强大的中央集权，也没有人拥有比他更辽阔的版图。人生有喜悦，也有悲怜，在阿育王继承王位的半个世纪前，亚历山大的军队打到了印度西北部，因为瘟疫流行，士兵厌战，所以才不得不勒马回师。这时，一个年轻人趁机起兵，自立为王，摧毁了难陀王朝，统一恒河流域，建立孔雀王朝，他就是阿育王的祖父旃陀罗笈多。

及至阿育王登位，他继承了祖父的功业，四处征战，开疆拓土——当中国的秦始皇在公元前259年出生的时候，阿育王已经拥有一个比后来秦朝统一时的中国还要辽阔的孔雀帝国。像秦帝国一样，孔雀帝国同样是中央集权的君主专制，不过国家治理的道路四通八达。秦始皇在统一中国之后，选择变本加厉地走法家路线，而阿育王则在血腥征服羯陵迦之后，幡然悔悟，皈依佛教，他厌倦了这个世界，在不告而别的月圆之夜，以一种孤独的姿态遗世而居。阿育王转身离去，连道别都成了多余，人性的光芒指引着事态发展的方向，一个国家的命运到底有多少取决于个人的信仰实在令人惊叹。

不同于秦帝国的道路上到处都有刑徒之人，阿育王的王家大道上，为苍生百姓设立了周全的设施，治愈了漫长内战带来的伤痛。阿育王在位期间，他拥有一个统一强盛的大帝国，却以绝对的权力实施佛家慈悲的善行，那个时代的印度人，或许也算是生逢盛世了；但他一死，帝国就重新陷入分裂，40多年后，只剩下恒河中下游地区的孔雀王朝，被巽伽王朝取而代之，佛教也随着婆罗门教的复兴而遭到打击。

来自远古文明的天空，缺失了理想化的宁静，巽伽王朝只持续了100余年，取代它的甘婆王朝版图就更小了，寿命也更短，苟安于恒河下游，不到半个世纪，就被百乘王朝的军队覆灭了。建立百乘王朝的百乘族人，生活在南印度，早在阿育王死后不久，就从孔雀王朝独立出来，此后历经200多年，逐渐扩张到恒河下游，再之后就遇到了强敌贵霜人，百乘选择退守南方，与贵霜王朝南北分治。

贵霜人，就是中国历史上所说的大月氏人。公元前2世纪，当时连汉王朝都不得不以和亲政策小心应付的匈奴人，开始不断侵袭大月氏的领地，迫使大月氏人一再西迁。此后的200余年间，没人清楚大月氏人是怎样壮大起来的，他们先是灭掉了巴克特里亚——这片希腊人立于中亚地区的国土，随后又侵入印度西北部，直到把整个北印度尽入囊中。几百年间，合合分分，分分合合，正如《三国演义》开篇所说的，"分久必合，合久必分"，中国如此，印度也不例外。

战争改变了人类的一切，血流成河，也泪流成河，逝者如斯，蓦然回首，仿佛就在昨天。公元120年，当贵霜王朝的君主迦腻色迦主持佛教第4次结集的时候，距离阿育王主持的佛教第3次结集已过去了370年。

第三章 神之国

鹿野苑的博物馆所陈列的主要是佛像，从贵霜王朝到笈多王朝、戒日王朝等，展示了一部佛教史。也许是缺乏重视的缘故吧，佛像的陈列既缺乏严密的保护措施，又没有严格地按照时间顺序，所幸还有大致的时代标在下边。这些不同时代的佛像，有各不相同的庄严宝相，从希腊味道的阿波罗面孔，到中东或中亚人的面孔，再到越来越像本土印度人的面孔。

仿佛，神的面容，永远在映照他的信徒。

我从前游览敦煌莫高窟，第一次感受犍陀罗风格和笈多风

"圣城"瓦拉纳西，传说中释迦牟尼在这里讲法传道

格时，就有一种想去印度寻根溯源的冲动，今时今日，终于在这佛教圣地鹿野苑的博物馆中，领略了犍陀罗的贵霜艺术和印度本土的笈多艺术。来到印度之前，我曾在不同时代、不同王朝的版图上，寻觅"犍陀罗"这个地方，并越发感受到印度北部与中亚、中东乃至欧洲无法剪断的联系。一方面，凶猛的强敌一次次从印度西北部杀进来，带来流离和战火；另一方面，这里又是经济贸易和文化艺术的桥梁，宿命的安排，在现实生活的刀风剑霜里，往日美好的时光，只能在梦里回荡。

  后人一再称誉的犍陀罗佛像艺术，融合了东西方的审美，看似尘埃落定的一切，其实来日方长，尘埃会再次扬起，这一粒粒尘埃究竟落在哪里，谁也不知道。犍陀罗，在十六国混战的时代，是其中一个古国。在大流士一世占领之后，它成为波斯帝国的一个行省，在亚历山大征服波斯之后，它又成为马其顿帝国的一个地区。早在亚历山大之前，曾经是波斯帝国200年行省的犍陀罗，就有不少希腊人居住，波斯帝国极盛之时，西北角伸到了巴尔干半岛的东北部，东边伸到了印度次大陆的西北部，波斯人与希腊人在地中海沿岸征战不休，许多希腊的战俘，都被流放到距离希腊最为遥远的犍陀罗。独特的地理环境，造就了独特的信念和历史过往，从亚历山大征服整个波斯帝国之后，直到米南德一世建立起希腊-印度王国，其间300年左右，犍陀罗始终是希腊人统治的地方。

  在时间的长河里，一切都变得张弛有度，谁懂得时间的节奏，那么他就能懂得时间的价值。鹿野苑遗址紧邻这家博物馆，最多两分钟的路程，但我们花了不少时间。阿育王当年在佛陀法轮初转的鹿野苑，建立佛寺，并竖起一根巨大的石柱。如今，佛寺早已荡然无存，柱身只残余半截，柱头也少了最上方高耸的法轮，但眼前所看到的景象，依旧显得相当完美。波斯式莲瓣的覆钟上是一鼓状石盘，石盘壁部浮雕上有4种动物，用以象征四方，4只雄狮挺立在鼓状石盘之上，也很容易让人想到阿育王时代孔雀王朝的声势气派，难怪在1950年，印度人选择以此作为国徽的图案。

王朝更迭，史书难记，寺观灰烬，庙塔丘墟。

青山依旧在，几度夕阳红。鹿野苑的原貌，已不可见，但幸运的是，那些遥远的神佛，依然住在人们的心里。

为了漫长的胜利

当回荡在城市上空悠扬的诵经声，将太阳从沉睡中缓缓唤醒，也提醒着人们一年一度的欢庆时刻已经到来。

就在同一天，也是在凌晨，加尔各答豪拉大桥下的花市里充满了讨价还价的喧闹声，空气里弥漫着金盏花的香气，鲜花怒放在人们的心房里。再过几天，这里将迎来一年中最为重要的节日，节日的临近使整个花市显得格外繁忙。

因为相信来世，大多数的印度人，对生死有着让人敬畏而

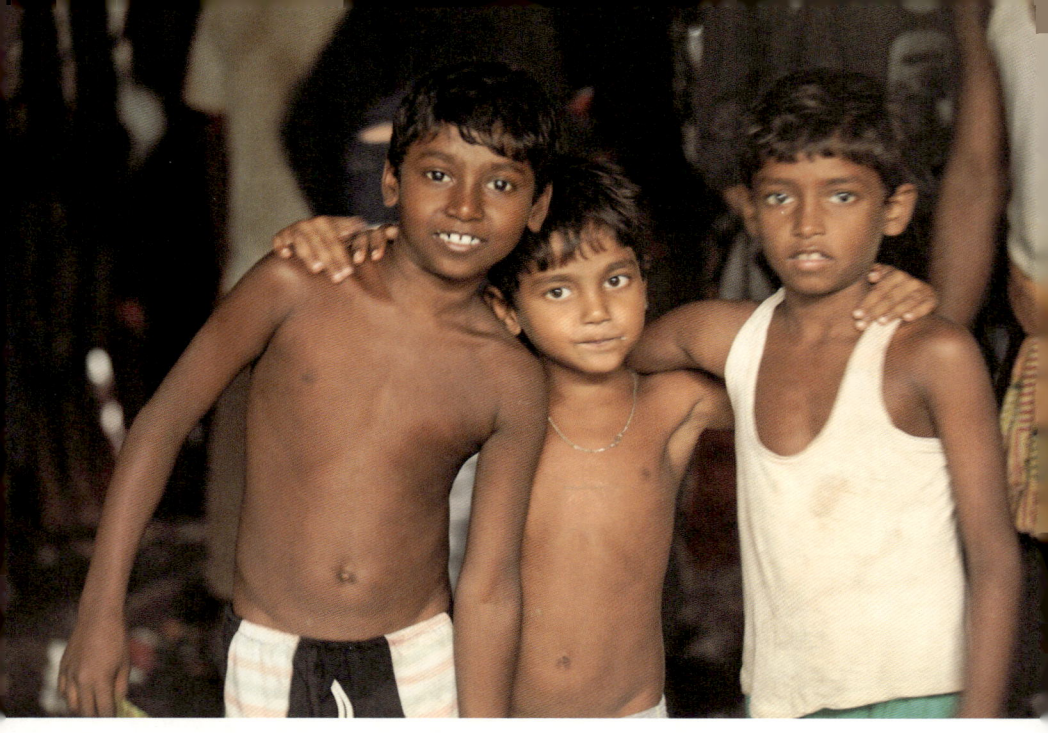

印度丰富的节日，对孩子而言，也意味着丰富的游乐

且难以理解的淡然。他们的生命观念，在生活和节日中也诠释得淋漓尽致。为了庆祝恒河两岸的丰收，不到凌晨4点，被印度人称为"圣花"的金盏菊就要被花农们采摘下来。只有精确算好时间来收割，才能获得这个丰收季节里最为新鲜的花朵。

　　人生不但是一场修行，也是一次自我治愈。季风期的印度，刚才还是一场狂风暴雨，不一会儿就已经变得阳光明媚，总会有些事如约而至，也有些事会不期而遇，一如生命的爱恨嗔痴、喜怒哀乐。从花市前缓缓流过的河流，叫作胡格利河，它是恒河的主要支流。在绵延一公里的花市里，人们源源不断地从四面八方聚集而来，并把这些金盏菊串扎成束，做成敬神的供品，然后通过这条河运输出去。

每逢节日,乡间的孩子们便会坐着卡车来到城里,一路欢庆

在印度的九十月份,总有连续十几个晚上都是热闹非凡的,这是印度教徒在欢庆"十胜节"——作为家庭和家族血缘延续的仪式,节日一直是印度人习俗传承的殿堂,这不仅仅是一个仪式,更是一个民族在记录着它文化的基因和密码。

印度有三个全国性的重大节日,分别是排灯节、洒红节和十胜节,眼下正是要进行十胜节的时候。与瓦拉纳西恒河晨浴的宁静相比,十胜节则是以一种全民狂欢的形式,展现着印度独特的宗教文化与风土人情。

印度一代一代的孩子,从小都是听着父母讲述罗摩的故事而长大的,在他们心目中,罗摩享有崇高的威望,无论是在无助的时候、开心的时候、悲伤的时候,或者分别的时候,他们都会在嘴上念叨着罗摩的名字。

十胜节来源于印度史诗《罗摩衍那》，罗摩是里面的英雄，为了歌颂他战胜魔王，人们用举办十胜节的形式进行庆祝，因此这个节日又被称为"罗摩里拉"。印度的古代史诗都拥有超长的篇幅，《罗摩衍那》全篇约有24000颂（一颂两行），比《荷马史诗》还要长，在这些文学艺术作品里，印度人用一种鸿篇巨制追求"物我相忘"的境界，以超乎常人的执着，体现了柔韧的意志。

节日期间，不管是地处偏远的乡下，还是车水马龙的都市，都是一片人声鼎沸的景象。各地纷纷搭台演戏，从罗摩降生开始，一直演到罗摩最后战胜罗波那。庆祝活动的规模非常隆重，对印度人来说，不只是在痛苦时才想到神，幸福的时候也同样要想到神。

在秋高气爽的夜晚，罗摩里拉的故事被搬上了舞台，演出通常是

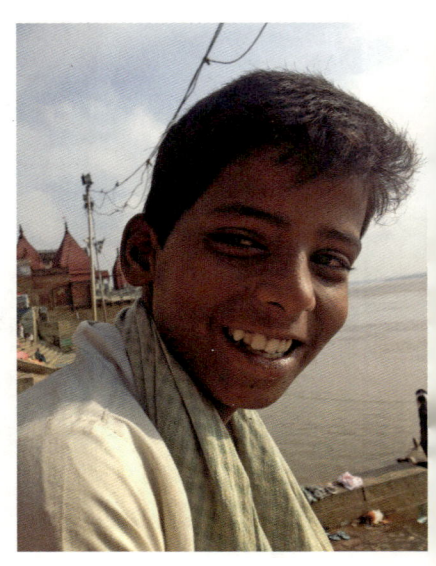

他说："罗摩是了不起的英雄。"

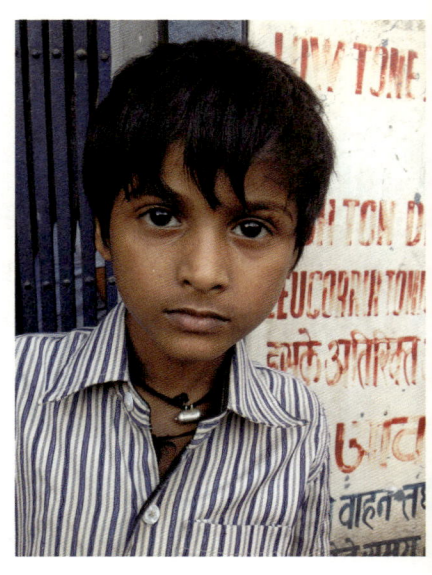

印度的孩子，都是听着罗摩的故事长大的

三个小时,甚至更长,如果观者对印度舞蹈缺少足够的感悟,恐怕将很难领会其中的奥妙,但对印度的观众来说,无论是大人,还是孩子,他们对英雄的故事早已烂熟于心,如同中国人听戏,根据锣鼓点,就知道剧情的进展。

到了十胜节的最后一天,很多地方会在广场上演出十胜节的压轴戏。人们在空地上搭起三个用纸做的巨大凶神,大概有几十米高,每个都大小不一,三位魔王一手持剑,一手握盾,它们分别代表作恶多端的十首魔王罗波那,还有与他同流合污的弟弟和儿子。

傍晚,人们汇聚在红堡广场门口,开始这一天中最盛大的狂欢晚会,现场会有几十万人观看,简直是人山人海,四处都被挤得水泄不通。卖零食、雪糕、气球的小贩随处可见,在舞台演出的歌声和乐曲声中,人们三五成群地向空地蜂拥而去——前提是,他们还能找到一块立足之地。

广场中心的纸偶塞满了火药和爆竹,等演出结束,人们用焚烧焰火纸偶的方式,来庆祝罗摩的胜利。对印度人来说,这意味着正义战胜了邪恶,也代表着光明战胜了黑暗。印度教徒认为,罗摩是天神毗湿奴的第7次化身,只要对罗摩表示虔诚,就可以国泰民安。

印度的节日艺术和传统,以神的功能,聚集起全民的意念与精神,将生活现实和人生愿望统一起来,人们寻找驻足的地方,并为现实生活的哲学,留下属于时代精神的印记,喧闹的世界也比不过人内心的波澜壮阔,传统文明与殖民文化的对抗和交流，在这片土地上得到了生动的链接。

在印度人的观念里，似乎把"人"否定得越彻底，就越能获得精神上的满足和慰藉，生而为人，就是要和欲望去抗衡，这看似有些矛盾，但在这个"出世"和"入世"并重的宗教国度里，在这个以宇宙为中心的神秘土地上，实在需要淡泊和放下的智慧。

书页里的不朽

14亿多人口的印度，80%以上是印度教徒，瓦拉纳西是印度教徒心目中的圣地。这座拥有百万人口的中等城市，大大小小的庙宇遗存竟有1500多座，更夸张的是，在一年里，居然有400多个宗教节日。

印度人常常通过欢庆节日来表达对神最虔诚的礼拜，他们在歌舞、念经、祈祷，甚至是宏大的游行仪式中，纪念各自所崇拜的神灵之功德，从中得到精神满足和自我宽慰。这个国家自从独立以来，古老的传统节日文化不但没有遭到禁锢和消亡，反而每年都要以更隆重的方式加以庆祝，并成为印度民族文化重要的组成部分，以此来世代传承。

在这个富于宗教传统的国家里，由于几千年宗教的习俗和文化的渗透，不信教者仅占0.5%，人们崇拜神灵，相信来世的业报，宗教已经融入其人生的方方面面。

印度是世界上的节日王国，不仅仅是印度教，每一种宗教都能在这里留下自己的文化印记，伊斯兰教徒、锡克教徒、耆那教徒、拜火教徒、基督教徒等，都有他们各自的宗教节日，比如伊斯兰教的开斋节、锡克教的祖师诞辰节、耆那教的大雄诞辰节、基督教的复活节等。

加尔各答市的豪拉大桥，这座标志性建筑是世界第六长的悬臂桥

芸芸众生，皆在神明的注视里行走红尘

除此之外，印度政府还把著名人物如圣雄甘地的诞辰等纪念日作为节日，因而，每年光是全国性的节假日，就已经有40多个，堪称世界之最。漫步在印度街头，经常可以看到教徒们整天忙于各种节庆。在这样的有神之地，不去神明居住的地方参观游览，似乎会显得有些失礼。我抵达鹿野苑的时候，觉得自己来得正是时候。

天气是一年中难得凉爽的天气，夕阳西下，大片大片的红砖废墟泛着晚霞的光辉，远处的达美克佛塔，也笼罩在温柔的暖色调中。僧人们身披袈裟，颈挂佛珠，双手合掌，或在砖台上打坐，或在圣迹前祈祷，或在佛塔前讲法，寂寞幽玄，各得所安。

修行者更多，数倍于僧人，虽说都是来自亚洲，脸上也只有别无二致的虔诚，但肤色相貌、服饰款式多有不同，大致还是能判断出东亚、南亚或者东南亚的来源地。我虽然不是佛教徒，但到了鹿野苑，也不由得肃穆起来。

佛陀在这里法轮初转，佛教从这里开始传播，东晋的法显和唐代的玄奘都到过这里。据考古学家考证，鹿野苑的废墟有四五层重叠的寺庙僧舍，不知法显和玄奘的足迹留在了第几层。这两位中国高僧，固然是为中国的佛教徒们赴印度取经求法，不过，就算说他们是应印度历史的召唤而来，似乎也并无不妥。

印度人向来忽略对自己历史的记录，5世纪来的法显，恰逢笈多王朝的鼎盛时期，7世纪来的玄奘，又赶上戒日王朝的盛世，他们把自己交付给了漫长的旅程，几乎走遍了印度，并把用岁月换回的亲身经历写成了实录。

如果没有法显的《佛国记》和玄奘的《大唐西域记》，笈多王朝与戒日王朝的存在，几乎纯属文学和传说。印度历史学家马宗达曾评价法显和玄奘的实地记录："给我们绘出了印度当地的实情，这类写照是任何地方都找不到的。"玄奘将当时佛教建筑的壮观和佛法弘扬的盛况记载下来，蕴涵了100多个国家的风土人情、宗教文化，最终，由唐太宗钦定，弟子辩机配合整理，编撰成《大唐西域记》。英国的历史学家史密斯对这本书大加赞赏，他很感性地表示："印度历史对于唐玄奘的欠账，怎么估量也不会过高。"

玄奘把印度的佛经带到了唐王朝，而那个国力强大、经济兴盛、文化开放的王朝，也没有辜负印度，为佛教注入了新的生命力。

11世纪以来，信仰伊斯兰教的突厥人、波斯人从西北方杀进来了，一次比一次来得凶猛，只要是印度本土的宗教，就难免遭受劫难。婆罗门教，也就是后来英国人开始改名的印度教，拥有广布的信徒；耆那教则因为经商者众多，依靠雄厚的财力而得以延续；而佛教，在玄奘离开印度之后不久，就已经密教化，走向神秘主义，后来更是教派林立，纷争不休，因此再也经受不住穆斯林的打压，到了13世纪初，印度本土的佛教宣布消亡；但是在遥远的东方，无论是中国、日本，还是朝鲜，佛教站稳脚跟，信徒众多，表现出繁盛的景象，所谓的西方不亮东方亮，说的就是这个意思吧。

鹿野苑的佛教建筑几乎被毁坏殆尽，唯有40米高的达美克佛塔，仍静静站立在西斜的残阳里。独坐在亭亭如盖的菩提树下，静听梵音，恍若天际缥缈传来的天籁之声，忘记了时光，心中一片清明。汤显祖《牡丹亭》里杜丽娘说一生爱好是天然，一场闲雨、一朵轻云、一阵微风，都会将你引向山径尽头的花海，也让你寄情山水于晚钟长亭的宁静中。

在中国的魏晋南北朝时期，佛教大行。北魏孝文帝时代，天子后妃躬身礼佛，王公士庶竞相舍宅，40年间，兴建寺宇千余座，有无双繁华之景，而北魏亡国以后，杨衒之重游故地，曾煊赫浮华的洛阳，已全部毁于战火，于是他慨然执笔，写成一本《洛阳伽蓝记》，"京城表里，凡有一千余寺，今日寥廓，

第三章　神之国

钟声罕闻。恐后世无传，故撰斯记。"

"招提栉比，宝塔骈罗，争写天上之姿，竞摹山中之影；金刹与灵台比高，广殿共阿房等壮。"世上已再也没有这样的洛阳，但是书里的洛阳，仍然鲜艳不朽，令人神往。

印度的人们，习惯用节日传递记忆，而法显和玄奘，选择以文字抵达永恒。

刹那之景，擦肩之人，一瞬间记录成永恒

时间总是会过去的,但我不能停止书写,也不能停下脚步。无论是灰色的开始,还是绚烂的开始,我们都将在做出无数个选择后,径直走向铺满落花的远方,在远方,我们终将遇见自己。

第四章 存在间

> 使生如夏花之绚烂,死如秋叶之静美。
> ——泰戈尔《飞鸟集·82》

恒常净水

恒河水流湍急,"子在川上曰:'逝者如斯夫,不舍昼夜。'"孔子虽然说的是中国的河流,这里用来描述恒河也非常贴切,这里是印度教徒心中距离天堂最近的地方,每年都有数以百万的信众来到这里,沐浴身心,举行大型宗教集会。黎明,往往是一天中最神圣的时刻,太阳还没升起,空中就已回荡着各个寺院的念经传诵之声,河边也已经挤满了准备沐浴的信徒。他们相信,面对初升的朝阳,边祈祷边沐浴最为灵验。

瓦拉纳西是最负盛名的印度教圣城,离神最近,这里的恒河便是"天堂的入口"。恒河在信徒心目中是一条圣洁的河,承载着印度人的前世、今生以及来世——虽然事实上,河水相当混浊,但信徒们依然相信,在恒河中沐浴净身,可以洗去自己身上的污浊和罪孽。

印度绝大多数的城镇都没有下水道,地下水系统的缺失,导致生活污水、工业废水以及成千上万居民的粪便就这样汇聚在一起,直接排入恒河。据统计,流入恒河的污水中有80%是两岸居民的生活污水,15%是工业废水。

我在瓦拉纳西的时候,最担心遇见下雨天,雨水在街道上泛滥,无处排放,当地居民的排泄物就那样堂而皇之地流淌在

第四章 存在间

城市的角角落落，最后汇集到伟大的母亲河恒河之中，现实与信仰差异如此之大，又如此和谐地融为一体。

印度人对此景象习以为常，相当泰然，只是我艰难"跋涉"回酒店以后，果断扔掉了脚上的这双鞋，必须承认，缺少信仰支撑的我做不到完全入乡随俗。

离开瓦拉纳西以后，我抵达孟买，这里又是另一番景象，已经数月不曾降雨。

印度以热带和亚热带气候为主，一年中有10个月都是旱季，旱季来临，孟买的用水就会变得紧张起来。100多年前，孟买城里的居民还没能用得上自来水，每逢旱季到来，往往长达几个月里滴雨不下，河水干枯，看似普通的日常洗衣就会变得相当困难，在这种情况下，洗衣难的问题，甚至会成为关乎民生的头等大事，于是，各种大大小小的露天洗衣场便应运而生。

在这里，专门为居民提供洗衣服务的场所，被当地人称为"洗衣集市"，一直到现在，这些露天洗衣场依然发挥着巨大的作用。虽然洗衣机早已普及，但印度至今仍保留着手工清洗、露天晾晒的传统习俗，无论是富人还是穷人，他们都喜欢将衣服送到专门的露天洗衣场，一旦成为习俗，便有了信仰的色彩。

我也将自己的衣服送去了洗衣场，一件的费用，折合成人民币，大概一元左右。

多比哈特千人洗衣场，这是印度乃至亚洲最大的露天手工洗衣场，按照一些媒体的说法，它也是世界上最大的露天手工洗衣场，整个洗衣场可同时容纳上千人同时洗衣，这些洗衣工每天在这里洗着各式各样的衣物，可以想象，这是何等壮观的景象。

这一年的夏天尤其难熬，由于高温缺水，送到这里的衣物也特别多，洗衣的工作变得格外繁重起来。Horilal 的爷爷是这里的老洗衣工，老人家年纪大了，手脚已经不够利索，送来的衣服实在太多，往往不能按时洗完，因此 Horilal 就过来和爷爷一起洗。

在瓦拉纳西的所见所闻，让我对恒河水心有余悸，但是 Horilal 告诉我，恒河水对他来说是十分纯净的，心无杂念，便可以从容看待。

恒河，在有些人眼里看起来，是乱而脏的，不过 Horilal 觉得它并不脏，在他心里，恒河水是干净的，所以人们常在那里洗澡。

露天洗衣场，无疑是印度独特的传统习俗，在它背后，其实隐藏了深厚的文化内涵，这是打开印度人心灵之门的一把钥匙，读懂了洗衣场，也就读懂了印度人。

Horilal 是个有些特别的洗衣工。因为洗衣的工作繁重，即使是最年轻力壮的洗衣工，也需要偶尔的休息，休息时，他们或蹲或坐，最爱聚在角落处闲聊，而 Horilal 最喜欢的事，则是望着晾绳上一排一排的衣物出神，仿佛在欣赏自己的艺术品。

我顺着他的目光，和他一起看，在印度人的审美里，他们

第四章 存在间

多比哈特千人洗衣场，每天16小时的工作时长无疑是严酷的考验

偏爱鲜艳的搭配，无论是建筑，还是公共汽车，都可以被涂成荧光色，在衣物的选择上，自然更是如此，我初来印度时，百绿千红，扑面而来，这种太过扎眼的场景，一时竟没能适应。

此刻，在这个洗衣场，日光闪耀，五彩斑斓的衣服，像无数的旗帜，在风里骄傲地飘扬。

泰戈尔在诗里写道，生当如夏花绚烂，其实中国人更喜欢春花，桃杏棠梨，无不淡雅温柔，漫如云雪，夏季盛暑而开的花朵，却大多浓烈俗艳，有一种不可逼视的招摇。

洗衣人世代洗衣，身份地位无法更改，唯愿此心长明

但是，此时此地，我意识到，生当如夏花。
撞开痴愚纲，透出大千世界，因为纯粹，所以绚烂。
我扭头去看 Horilal。
他没有说话，依然静静地在看那些风中的色彩。

格　子

"多比哈特"在印度语里的意思是"洗衣人的码头"，"多比"专指那些洗衣工，是印度当地人的一个姓氏，也是印度教

第四章　存在间

苏德拉种姓之一。这个种姓又分许多小的种姓，每个种姓都从事着不同却固定的职业，世代相传。

这个洗衣场刚建成时，总共有800多个大小不同的水池，每个水池里都蓄满了水，分别用于洗衣的不同工序。送到这里的衣物，首先要进行分类，经过几个水池的浸泡后，洗衣工会拿到石板上进行甩打，也会用脚来踩衣物，对衣服上那些特别脏的地方，还要涂上肥皂，用刷子仔细刷洗。洗衣工每天凌晨就起床干活，劳作一天，直到晚上才能休息。100年来，多比哈特千人洗衣场里的洗衣工们，就这样承袭着祖辈传下来的身份和职业。

说到世代相袭的洗衣工，就要谈及印度的种姓制度。有人说，印度的种姓制度是与印度的文明史并行的，是人类历史上最持久的一种社会等级制度。每一个印度人从出生那天开始，就带着属于自己家族和血缘的种姓标记，并伴随一生，用命中注定这个词来形容印度人是比较恰当的。

印度的种姓制度已经有3000多年的漫长历史，公元前2000多年前，雅利安人从印度的北方山脉入侵，征服了当地的土著人，经过几个世纪的武力扩张后，雅利安人沿着恒河，逐步征服了整个印度，并且由此建立起一个等级森严的种族制度——也就是种姓制度。

雅利安人将印度人分为四个种姓：婆罗门、刹帝利、吠舍和首陀罗。第一等级是婆罗门，他们是掌握神权和祭祀的贵族，社会地位最高。第二等级是刹帝利，这个阶层掌握国家神权之外的一切权力。前两个等级是高种姓阶层，是社会的最高统治阶级，他们掌管了古代印度的大部分财富和权力。第三等级是吠舍，主要是普通的劳动者，有农民、商人以及手工业者。最后一个等级是首陀罗，他们是失去人身自由、不能拥有土地的奴隶，大多是被雅利安人征服的土著居民，更直白的说法是，他们属于被压迫、被奴役的阶级。

上述四个种姓在法律上是不平等的，彼此之间也不能通婚，有着严格的界限并世代沿袭——唯一的例外是，低种姓的女子可以嫁给高种姓的男子，只要女方能够提供格外丰厚的嫁妆，她的家族就会拥有提升种姓的机会。这种具有交易性质的、没有爱情的婚姻，在印度并不少见，往往，当嫁妆被挥霍一空，已经嫁为人妇的女子，会堕入一个充斥着冷漠和暴力的深渊，乞救无地，求告无门。

除此之外，印度还有一类没有种姓的人，他们被称为"不可接触者"，或者叫"贱民"，从事着社会最底层、最繁重的工作，被人歧视。

到了近代，印度结束了英国殖民者的长期统治后，宣布废除已有上千年历史的种姓制度，这一举措赢得了全国大部分民众的欢迎。但是，种姓制度毕竟已经在印度沿袭数千年，传统习俗仍然具有强大的力量，想要在短时间内完全废除，还需要一个渐进的过程，虽然时代的脚步在不断前进，但种姓制度还没有从印度绝迹。

洗衣的人世世洗衣，理发的人代代理发，数千年来，这些

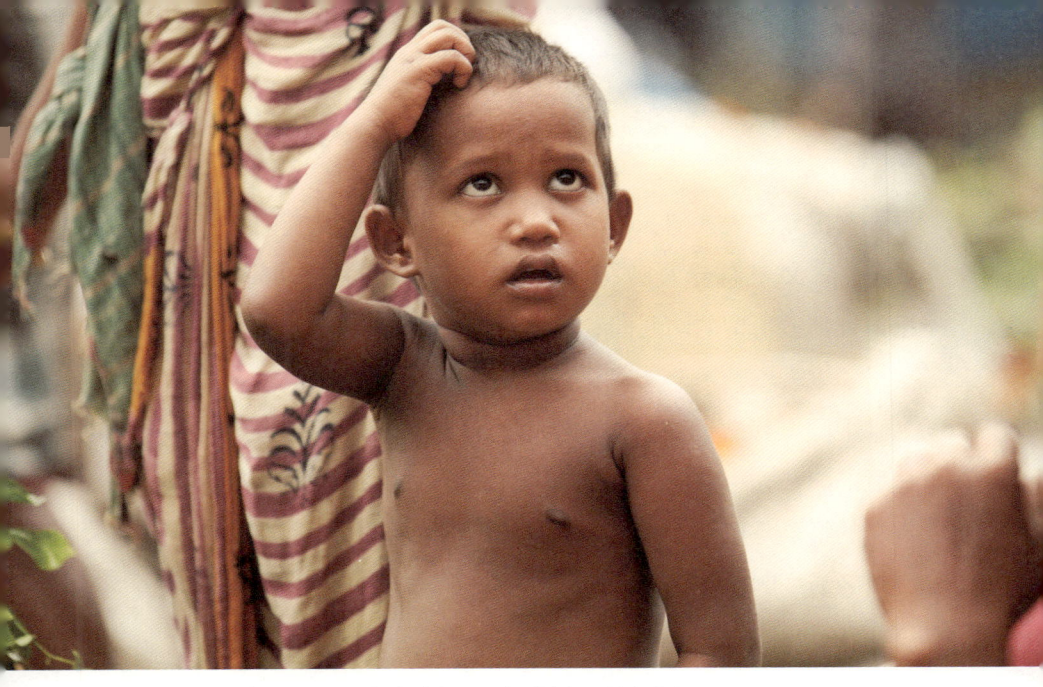

洗衣场里出生的孩子，将在洗衣场里生活读书，长大成人

　　人就是这样世代承袭，过着属于自己的生活，在未来一个较长的时间里，这样的生活方式还会继续延续下去。传统与现代在这里碰撞出的火花，熔炼着洗衣场继续繁荣的希望，也延续着印度恒久不变的洗衣传奇。

　　从远处眺望，洗衣场的水池，像一个又一个的小格子，每个格子里，都站着一位洗衣工，从青春年少，到白发苍苍，一眼望去，仿佛只是一个人一生不同的剪影而已。那些剪影做着重复的动作，将衣物高高抛起，然后重重摔打在石板上，被摔碎的水滴，在他们身侧如流星迸散。

　　莫名地，我觉得他们是被困在格子里的人。

　　多比哈特洗衣场，不仅是他们上班工作的地方，这里还是一整个微缩的小世界。洗衣场旁边，就是他们的住所，或者说,贫民窟。大人们在格子里洗衣服,那些年幼的、低种姓的孩子们,就这样赤着脚在附近游荡,他们在搭起的简易平房里,读那些所谓的幼儿园和小学,等待着终有一天,也踏入那些格子里去。

中国人喜欢说"读书改变命运",印度人却很少会有改变命运的想法,也很少有这样的机会,我有时难免感到遗憾,世俗里的格子是可以被打破和拆开的,但人心里的格子,却并不能被轻易推倒。

Horilal对我的想法不以为然,"人都是活在格子里的。"

今天,生活将很多人困在城市中央,看灯红酒绿、看车马喧嚣、看行色匆匆,然而,他们的心总想走出去看看,看风景、看生活。

的确,当我离开印度,结束旅程以后,我也会回到我的格子里去。

生活的真相,似乎正如Horilal所说。

"神明安排了我的来处,也会安排我的归处。"

他的话让我想起《庄子》,"夫大块载我以形,劳我以生,

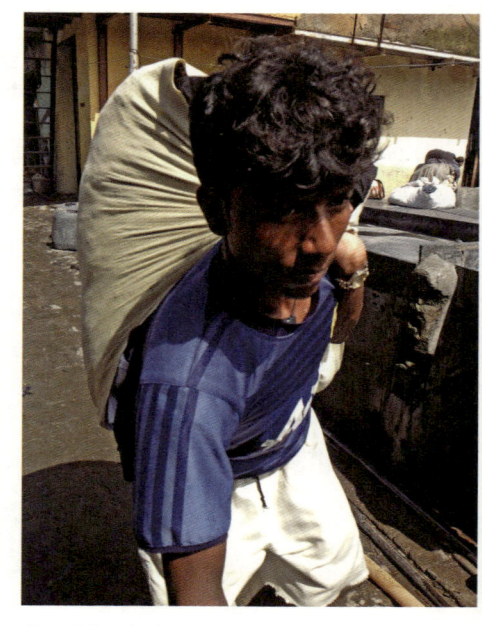

少雨季节,各大酒店通过人工运送的方式,进行被单、衣物的清洗

佚我以老，息我以死。故善吾生者，乃所以善吾死也。"

天地造化塑造了我的身形，予我生命，以使我辛劳，予我衰老，以使我安逸，予我死亡，以使我休息。

傅佩荣将这句话解释为，"那妥善安排我的生命的，也将妥善安排我的死亡。"中国文化和印度文化在这里殊途同归，达成一致。

先前那些遗憾，已不再使我遗憾，因为生命的丰盈，并不来源于物质的富足，也不取决于生活方式的选择，读万卷书或者目不识丁，行万里路或者足不出户，只要心里有旺盛的根系，就永远经得起恒河的浪涛。

Horilal活在格子里，我也活在格子里，但是，我们都将慎终如始、安然无恙地过完格子里的一生。

最后的赞歌

一盏花灯、一个心愿、一条河流，满载着人们对风调雨顺、国泰民安的美好祈愿。恒河是一条从心灵流过的河流，每天清晨，人们的信仰之旅从这里开始。这也是一条滋养众生的河流，与两岸居民的日常生活息息相关。

数百年来，阳光眷恋着秉持传统的洗衣人，他们全神贯注于每一件衣服，追寻着先祖的精神，一步一个脚印地走到今天。Horilal的爸爸和爷爷在这个洗衣场工作了30年，他自己也在这里出生、长大，100多年来，成千上万像Horilal这样的洗衣人恪守着祖辈们传下来的职业。

有一天我路过多比哈特，听说这里的一位老洗衣工去世了，那些"洗衣世家"的人们正商量着，将他送回恒河里去。

巧合的是，之前送去洗衣场的衣服，也在同一天送回我的酒店，洁白干净，折叠整齐，有种一丝不苟的态度。我接过来的时候，多了几分肃穆的心情。

那晚，我第一次梦见瓦拉纳西。

在印度教神话中，梵天大神就在这里迎接湿婆神，一些印度教徒们浸泡在船只之间的河水中洗浴，让恒河水冲刷自己的罪孽，沧海桑田不过一瞬间，心性也能在浊浪里洗涤得越发洁净。这种简单而神圣的沐浴仪式对生活在瓦拉纳西的居民们来说十分重要，只有完成了这个仪式，一天才算是真正开始。

站在河坛中央，我忽然看见河边，有一个中年男子哭着喊着跪入了恒河的波浪，他的旁边，有人在沐浴净身，有人在刷牙洗脸，有人在静思冥想，每个人都在专心进行自己的朝圣，对那些声嘶力竭的场景，似乎早已司空见惯，他们寄身在世间，沉浮起落，多少往来凡人，就这么匆匆过去了。

入夜的时候，鳞次栉比的街头排档，将点点亮光汇集成一片灯海。光芒中升腾而起的热浪，招呼着忙碌一天的人们从四面八方涌入这里。

Horilal曾为我唱过一首他喜欢的歌，是他小时候从大人那

在恒河边生，在恒河边死

里学来的，我听完，询问他歌曲的主旨，他却笑着表示，自己也记不清了。

"可能是赞歌，也可能是哀歌，"Horilal问我，"为什么非要有一个确切的答案呢？"

如果不是他的反问，我几乎都要遗忘，生命本身，只是在大多数寻常日子里经历一场体验，背着行囊离去，又背着行囊归来，不可能有确切的答案，无论求取多少东西，每个人都会淹没在岁月的荒野中无处可寻。歌曲的主旨确实无关紧要，因为它已经在我的心里，留下了美妙的回响。

夜晚的清风轻打窗户，红尘里的菩提，用光阴修行，恍惚的梦境里,我又听到了他悠远的歌声。

> 我乘小舟,与众生相见。
> 河水里,是我自己的倒影。
> 如水波一样,消失在长夜里的,
> 我的影子啊。
> 忍受风雨,然后,沉入水中的,
> 我的影子啊。
> 白天来,夜里去,
> 浪汹汹,无所有。
> 母亲的河水,赐我轮回的慈悲。
> 影子,在她的怀里永眠。

第五章 石中火

> 神从创造中找到他自己。
> ——泰戈尔《飞鸟集·46》

慈 悲

无论漫步在都市的大街上,还是走在乡村的小路上,仅仅从一个印度人的外表和打扮,就已经能够看出他的宗教信仰,或者也可以通过一个人的姓名,看出他的宗教背景。锡克教会用红头巾作为自己的标志,佛教徒喜欢在胸前挂一串佛珠,印度教徒的眉心间往往会点一颗红色的吉祥痣,称为"迪勒格",这种宗教传统,在印度,总是可以找到很多印证。

先人们一步一步地,在已被岁月打磨光滑的石板上,拓印下这个国度几千年的文明足迹,那些辉煌灿烂的文化,被画到画里,写进诗歌里,刻在石窟上,记录在庙宇中,无处而不在,无所而不有。

阿游陀石窟,千佛常在,万古依然。

很难想象,生活在2000多年前的先民,是如何创造出那些让后世惊叹不已的文化宝藏。

贞观元年(627),玄奘法师只身一人离开长安,经过长途跋涉,于贞观五年(631)抵达摩揭陀国,在当时印度的佛教最高学府"那烂陀寺院"里修行,玄奘受学于戒贤,历时5年,通晓三藏,所以也被称为"三藏法师"。在修道讲学期间,玄奘将他在各处游历的所见所闻都写进了《大唐西域记》,其中

阿旃陀石窟，千佛常在，万古依然

就有阿旃陀石窟,"基于幽谷,高堂邃宇,疏崖枕峰,重阁层台,背岩面壑"——世人对于印度阿旃陀石窟最早的记载,来自中国唐代的玄奘法师。这是阿旃陀石窟第一次为世界所瞩目。

玄奘早有取经之志,只是未能获得朝廷的许可,直到一场意外来临的饥荒,朝廷被迫允准百姓自行谋求生路,玄奘才终于整装出发,西出玉门关,过瓜州,抵高昌,高昌王对他礼遇有加,派遣使者护送而历西域十国,徒步五万余里。

饥荒可能带来流离,但也可能带来机遇,现实者谋生,理想者问道,人生的逻辑本就如此。

玄奘法师修行有成,声名鹊起,先后游历了当时印度境内的数十个小国,东印迦摩缕波国的国王鸠摩罗曾邀请他解经说法,戒日王为他召开佛学大会,一起论辩佛法,先后共计有18位国王、3000余名学者参加盛事,玄奘任人诘难,机锋往来,无一人可以将他驳倒,由此而声震五印。

随后,戒日王又邀请玄奘参加无遮大会,玄奘宣讲教义,从者如潮。

贞观十九年(645),玄奘法师再次经过跋涉归国,回到阔别已久的长安,此时他已是赫赫有名的高僧,唐太宗亲自召见了他,此后,玄奘终老于长安佛寺,译经、宣教、论法,他一共翻译了佛教经论75部、1335卷,并且始终致力于中印文化交流,玄奘还将《老子》翻译成梵文,在印度传播。

晨钟暮鼓,圆满一生。

第五章 石中火

佛教，正是从印度诞生的。阿旃陀石窟，距今已经有2000多年的历史，它坐落在孟买东北部德干高原上的文达雅山，29个石窟环布在山腰的陡崖之上，阿旃陀石窟作为当时的宗教场所，见证了早期佛教的兴盛和辉煌。

当时的佛教徒，大多居住在商道必经的山谷里，工匠们用最简单的工具，通过一代一代的不懈努力，开凿了佛殿和僧房。阿旃陀石窟其实只有4个石窟是佛殿，其余25个则是僧侣们居住修道的僧房。石窟由石雕佛像、藻井图案和壁画组成，而以壁画为最多，其中有不少刻画了拈花菩萨、释迦诞生等佛教人物和故事，主要展现了佛教演进的历史过程，这些壁画的题材风格可能影响到敦煌莫高窟壁画，对于佛教起源发展的研究，具有非常重要的参考价值，由此也可以证明，同属东方佛教艺术，本就同出一枝，但又各有千秋，一起谱写了佛教艺术的华章。

阿旃陀石窟作为佛教徒的礼佛圣地，持续了将近9个世纪，后来，随着佛教在印度的逐渐式微，这里也逐渐荒废，最终淹没在了流沙泥石之中，似乎被彻底地遗忘了。

在人类文明的长河中，很多璀璨一时的艺术文化，随着历史的推移，无一例外地成为历史上的匆匆过客，连同他们先民所创造的那些曾盛极一时的文明，也一并湮没在历史的陈迹中。如果阿旃陀石窟没有在1819年被一位英国人偶然发现的话，没人知道还需要多久，它才会再次出现在人们的视线中。

19世纪，欧洲的考古学家们，一手拿着《大唐西域记》，畅想着东方世界的无限繁华，一手提着猎枪，加快了寻找印度宝藏的步伐。就这样，英国人约翰·史密斯在一次打猎时，为了追逐一只老虎，误打误撞闯入了一片密林，由此在翠林掩映的峡谷中，意外发现了玄奘法师在书里描述过的阿旃陀石窟。

灰白色的陈迹，就这样盛大而沉默着，万千的神佛，正慈目注视着来者。

这样出人意料的相遇，总让我觉得有些玄妙。

在佛教中，曾有释迦牟尼舍身饲虎的故事，为了挽救几只幼虎的性命，释迦牟尼的前世萨埵太子，选择以自身血肉为饵，真正是众生平等，万灵皆我。舍身饲虎的故事，非常典型地阐述了佛教的慈悲境界，在敦煌的莫高窟里，隋唐时期、五代时期，甚至到了宋朝，都能找到相关的壁绘，新疆的克孜尔石窟、河南的龙门石窟、甘肃的麦积山石窟，也有舍身饲虎的画作和浮雕传世。

光阴流转，百载千年，那位英国人向老虎举起了猎枪，可是最终，他没能扣下扳机。

因为阿旃陀石窟的出现，吸引了他全部的目光，也许，他自以为寻得了宝藏，但真正的宝藏，却恰恰不是他眼前所见，而是天地无言处，隐悟的静默和慈悲。

没有枪响的密林中，石窟里的佛像，正透出岁月的光明。

埃洛拉石窟是印度规模最大的石窟寺院群落

千佛千面

如今,阿旃陀石窟与泰姬陵,并称为印度的"双璧",并在1983年,成功入选了《世界遗产名录》,不过,在同一年,被列入《世界遗产名录》的印度石窟,其实还有另外一座。

从奥兰加巴德开车半小时,与阿旃陀石窟相距不远,就是埃洛拉石窟。

埃洛拉石窟,同样拥有上千年的历史余韵,它是印度规模最大的石窟寺院群落,也是世界上最好的寺庙石雕建筑的典范,与阿旃陀石窟并称为印度的两大宗教艺术宝库。在蜿蜒两公里长的陡峭岩壁上,34座分属于佛教、印度教和耆那教的石窟依次排开,展现了从公元7世纪至11世纪时期的印度宗教信仰与风土人情。

如果说,阿旃陀石窟是以壁画而闻名,埃洛拉石窟则是以雕刻而著称,阿旃陀石窟的宗教归属非常明确,它是佛教的圣地,而埃洛拉石窟则分属三教,它是佛教教徒、印度教教徒和耆那教教徒心中共同的圣地,三种宗教在这里共生并存,同放异彩,长期以来,香火从未间断。

在石窟创建伊始,佛教已经在印度本土式微,印度教却正在兴起,所以在埃洛拉的佛教石窟与耆那教石窟中,总能看到一些渗透着印度教的元素出现。不同的宗教毗邻而居，彼此尊重，又相互包容，这正是印度宗教文化的形象写照。

印度的宗教文化，体现在他们对待普通生灵的态度上，在此之前我已深深领悟，同样，这种文化，也体现在阿旃陀石窟、埃洛拉石窟这些著名的文物古迹上。印度人对待生命、对待神灵，始终有他们自己独特的理解，他们坚定地按照自己的方式，去看待河流山川，去理解天地万物。

《礼记·中庸》里有一句足以总结陈词的话，"万物并育而不相害，道并行而不相悖。"

自由自在、各得其所的生活，就是印度人所理解的精神文明，尽管这里的大多数人，都信奉印度教，但是外来的伊斯兰教、基督教、天主教等各种宗教依然可以在此落地生根，和谐共存。

34座石窟中，有12座佛教石窟，17座印度教石窟，5座耆那教石窟，推其时代，大约是遮娄其王朝、罗湿陀罗拘陀王朝时期的宗教建筑遗迹，属于古印度的文明复兴时期，世界遗产委员会评价其为"古代印度容忍、宽恕特性的精神体现"。

在佛教的石窟中，无论是寺院、佛像、舍利塔或是讲经堂，几乎随处可见释迦牟尼的庄严宝相，佛陀脚踩莲花，结跏趺坐，垂眸以观世人。石窟的内容形式，和阿旃陀石窟基本一致，除了一间佛殿，其余石窟，皆是僧人修行的房舍，不过因为当时佛教正在式微，塑像风格已经和笈多时代相去甚远，从平和简朴逐渐转向繁缛华丽。

就算是神明，也难免要与时俱进。

而在耆那教的石窟中，大多是长发裸体的立像，手足与草木相缠，别有一种自然苦行的意味。

由于印度教的神明众多，所以石窟里的塑像也五花八门，但其中最为知名的，莫过于第16号石窟，它始建于公元8世纪，高约33米，长约50米，与其说这是个凿刻而成的洞窟，不如说这是一个被修成庙宇模样的巨大山石，巧夺天工，却又浑然一体，不需要任何多余的材料，顺势而为，宛如庖丁解牛，是臻于化境的艺术杰作。

石象、神牛，栩栩如生，无论是两间殿宇，还是大门与连接的天桥，都气势恢宏，据说它呈现出了一种天人合一的完美景致，所以建筑艺术史上，可以称其为"绝色"。玄武岩的山壁，整体显出一种墨灰的基调，此刻也格外肃穆崇高，身在其中，难免会觉得踏入神灵的居所。

印度的先民们耗时100余年，以凡人之力，镂空了整座山岩。

或许，神灵本是没有居所的，是人赋予神灵在尘世的居所。

除了阿旃陀石窟和埃洛拉石窟，印度还有第三座被列入《世界遗产名录》的石窟，即埃勒凡塔石窟，又称象岛石窟，只不过它比前两个石窟稍晚一些，直到1987年才被列入《世界遗产名录》。象岛石窟在孟买以东的阿拉伯海上，壮观的神殿里，陈列着湿婆神的大型浮雕，具有无可替代的艺术成就，这

第五章　石中火

些雕刻的艺术作品，让人"在微尘中见出大千，在刹那中见出终古"。

最为著名的，是一座高约5米的三面神像，一面微笑，一面庄严，一面凶恶，代表着创造、存在与毁灭的轮回，由生而死，万物如是。

中国有四大石窟，即甘肃敦煌的莫高窟、山西大同的云冈石窟、河南洛阳的龙门石窟和甘肃天水的麦积山石窟。中国的

埃洛拉石窟，三教并存，香火不断

阿旃陀石窟，壁上神佛静待来者探询

　　石窟艺术，随佛教的传入而兴盛，这四座石窟，无一例外，皆与佛教相关。

　　石窟本是营造在山崖石壁上的寺院，因为印度的气候因素，佛教徒们倾向在冬暖夏凉、隔绝尘嚣的岩洞里修行，具有相当实用的现实意义，不过在中国，石窟则更多是作为宗教艺术而呈现。

　　中国石窟中端坐的神佛，不少都采取了汉族的衣饰风格，尤以云冈、龙门为最，当我看过印度的石窟，而重游中国的石窟，诸佛观音、罗汉金刚，虽然依旧说不上熟悉，恍惚中，竟也产生了一种"归乡"的幻觉。有时，美好的瞬间就是永远，山河岁月，离散悲欢，都付诸于深深浅浅的流光中。

　　我意识到，神，也是有家的。

第五章　石中火

赴火的飞蛾

印度这个神秘而古老的国度，有着十分悠久的宗教文化传统，是世界上受宗教影响最深的国家之一。在世界的十大宗教中，印度人所信奉的就有印度教、伊斯兰教、佛教、基督教、耆那教、锡克教、拜火教7大宗教，各种宗教都能在印度久盛不衰，香火兴旺。

其中，信徒人数最多的印度教，信奉的神灵众多，在信徒们眼里，人在大自然面前是渺小和无助的，这些力量都是神灵在主宰。

从某种角度来说，印度文化实际上就是一种建立在信仰本位基础上的宗教文化，宗教已经渗透到印度人社会文化生活的各个层面，并通过印度人衣食住行的每一个生活场景和细节中展现出来，社会生活、文化艺术的方方面面都打着深深的宗教印记，正如印度近代哲学家维威迦南达所概括的那样："在印度，宗教生活形成了中心，它是民族生活整个乐章的主要基调。"

《吠陀经》是印度教的一部重要经典，该书将人的一生分为四个阶段：从5岁到25岁为"梵行期"，这是人生的学习阶段，不应接受任何享乐的内容；从25岁到50岁为"家居期"，即世俗生活期，人们要回到家庭结婚生子，履行自己的社会责任；从50岁到75岁为"林栖期"，人在经历第二阶段之后，已完成对家庭和社会的责任，需要住到深山老林中修行，与天地对话；75岁以后为"遁世期"，要舍家出世，追求人生的最终解脱。

印度教徒的一生，都在修行路上，大自然的神作时常让人感动，它给予众生的美好是公平而慷慨的。阿旃陀石窟和埃洛拉石窟，距离主城都有不短的距离，我来此参观的时候，总能遇见许多当地人，或独身而来，或拖家带口而来，其中的大部分人，都会提前准备好一天的便当，踏清晨而来，负夕阳而去。

在埃洛拉石窟，有一家三口，父亲是传统的印度教教徒，母亲是佛教教徒，他们的儿子年纪尚小，热衷于跑去看耆那教的塑像，男孩向我解释他的理由："我喜欢那种万物生长的感觉。"

一个小家，俨然有三教合归的感觉，这样的家庭，也只能出现在印度。

虽然信仰着不同的神明，但一家人的感情非常融洽，他们每个周末都要到这里来，为各自的神明奉献自己的敬意与虔诚。

女主人说："既然神明都能比邻而居，我们当然也可以相爱。"

在这个世界上，人们是如此的不同，观念、身份、价值、

第五章 石中火

立场,既参差多态,又独一无二,但是,总有一些相同的东西,会将人们彼此吸引,紧密联结。

"神的样子,是很不同的,但,它们来自于同样的山石。"

我抬头环视,灰而寂的山壁,正在眼前绵延相连,不同的神明坐落于此,迎接各自的信徒,在被工匠雕刻成型之前,它们也不过是相似的石头——我想起中国女娲造人的传说,冥冥之中,我们在被造物雕刻成型之前,其实,也不过是相似的泥土而已。

在阿旃陀石窟,我总能遇见一位老人。

当太阳洒下余晖,石窟建筑似乎会散发着某种不可想象的神奇力量,神佛的投影显得静谧而庄严,这座历史沧桑的石窟,就这样安详地散布在狭长的山谷之中,归鸟投林,游人散去,而老人就会在此时,沿着迷宫般古老而悠长的石道,不断地向上、向前,重复着自己的朝拜。

即便是年代久远,已经颓唐荒废、不具有游览价值的洞窟,在老人的眼里,同样有居住其中的神佛。

"石为相,相即是空。"老人说,"神佛在石中。"

我想,老人的眼睛,观石如观云上,能见诸天神佛。

他的后背微驼,脚步很慢,像在担着斜阳暮色,苍苍的白发,赤色的衣衫,在晚霞里远远地看着,竟像一簇燃烧的火焰。

心之火,如佛前灯,这些石像,应已见过无数的火焰,古往今来,总有不断到访的脚步声,叩击在石板路面上,合奏着千年不变的乐章。

我注视着老人的背影，或许已是风中将熄的残烛，却又那样情真意切，只要尚未燃尽，就永远不会停息，向死而生。

苏轼曾写道，"浮名浮利，虚苦劳神。叹隙中驹，石中火，梦中身"，古人曾将自己的一生比作凿石而闪现的火光，因为刹那消逝，芳华短暂，恰如朝露蜉蝣的生命。但，也许不是每个人的生命，都能有这样灵犀一瞥的火光，如果不曾凿石刻壁，不曾如切如磋，如琢如磨，石头也就只是一块石头，蛮荒无名，千古冷寂。正是那份虔诚和坚守，石头变成了神灵。不少宗教说是神造了人，不知道这是不是一种谦虚的正话反说？

"蜗牛角上争何事，石火光中寄此身"，生命或许真的如梦幻泡影，但，总还是要向着光亮而去。

第六章 爱为家

「我相信你的爱。」让这句话做我的最后的话。

——泰戈尔《飞鸟集·325》

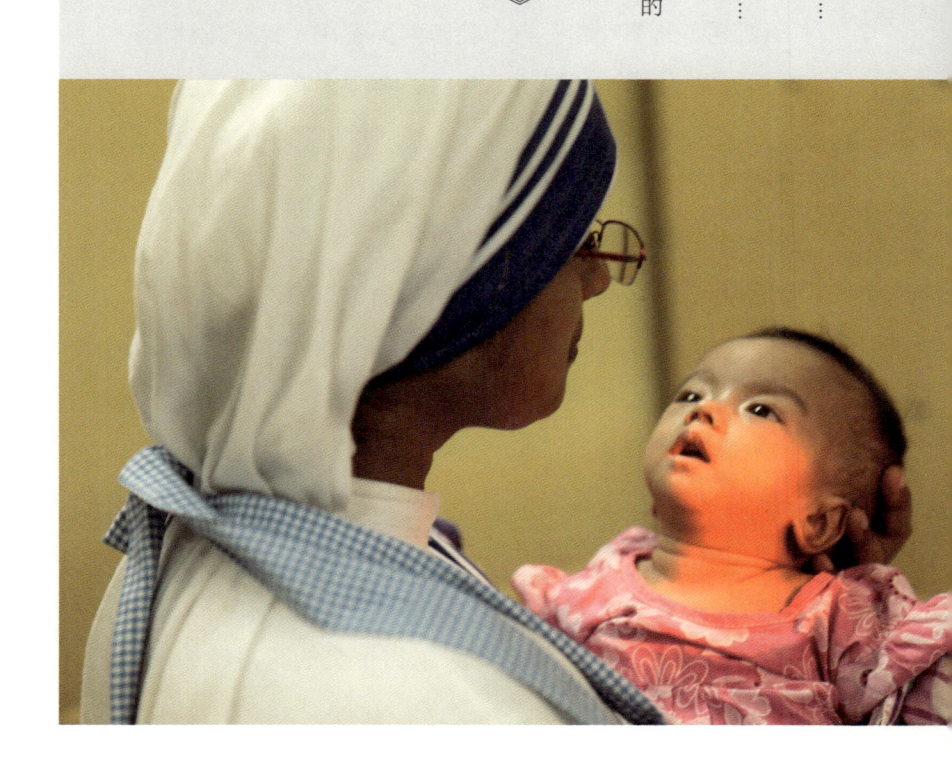

家

在印度，绝大多数的人信奉印度教，但是外来的伊斯兰教、基督教、天主教等也都能在这里生根发芽、和谐相处。1498年，葡萄牙人达·伽马绕过非洲的好望角，发现了通往印度的新航线，随后，欧洲的殖民者们便纷至沓来。1690年，为了得到更多的茶叶和香料，英国殖民者决定打开亚洲门户，并寻找适宜船舶停泊的码头，最终，英国人在印度成立了"东印度公司"，同时，修建多个殖民点，并将其中一处命名为"加尔各答"。

加尔各答这座城市，就像生于此处的亚洲第一位诺贝尔文学奖获得者泰戈尔所说的那样，既提倡东方的精神文明，也不抹杀西方的物质文明，然而，随着印度独立运动和第二次世界大战的爆发，数以万计的难民涌入这里，在困苦边缘艰难挣扎，在茫茫苦海中浮浮沉沉，我们这一代虽然没有经历过战争的痛苦，却能在这里感知战争给普通家庭带来的创伤。

"仁爱之家"的创建，也正是在此时。

给这座城市带来荣耀的，除了文学家泰戈尔，还有一位瘦弱而高尚的女性，她就是诺贝尔和平奖的获得者——特蕾莎修女。

第六章 爱为家

"仁爱之家"的修女Lynn正在祈祷

特蕾莎修女，1910年出生于奥斯曼帝国科索沃省的斯科普里（今北马其顿共和国首都），12岁时，萌生了成为修女的念头，18岁，她远赴印度，1931年正式成为修女，等到27岁的时候，她已是一家女修道院的院长。在印度独立运动及第二次世界大战期间，有很多孩子因为无法养活而遭到遗弃，目睹这种情形，特蕾莎修女挺身而出，日夜奔走在加尔各答的各个贫民窟，为赤贫者、濒死者、弃婴、麻风病人提供救助服务，并为此建立仁爱传教修女会，创办"仁爱之家"。

1979年，特蕾莎修女获得了诺贝尔和平奖。授奖公报是这样评价她的："她的事业有一个重要的特点：尊重人的个性、尊重人的天赋价值。那些最孤独的人、处境最悲惨的人，得到了她真诚的关怀和照料，这种情操发自她对人的尊重，完全没有居高施舍的姿态。她个人成功地弥合了富国和穷国之间的鸿沟，她以尊重人类尊严的观念在两者之间建设了一座桥梁。"

特蕾莎修女的答词，则格外平和谦卑："这项荣誉，我个人不配领受，今天，我来接受这项奖金，是代表世界上的穷人、病人和孤独的人。"她将诺贝尔和平奖的奖金如数捐出，甚至说服委员会取消了颁奖宴会，将省下的7100美元赠予仁爱传教修女会，在当时的瑞典，甚至掀起了举国向"仁爱之家"捐款的热潮。

"仁爱之家"，是一个闻名世界的慈善组织。除了修女，这里还有很多来自世界各地的志愿者。"仁爱之家"的总部设在加尔各答，主要为残障儿童和老人提供医疗服务，每周一是"仁爱之家"志愿者的报名时间，每天，都会有五湖四海的志愿者来到这里。如今，特蕾莎修女创建的"仁爱之家"，已遍布世界100多个国家和地区。

Anna是美国的一名大学生，每年夏天，她都会从美国飞到加尔各答，在恒河边的这座城市里度过自己的假期。她第一次来到这里的时候就喜欢上了这片土地。

第六章 爱为家

"仁爱之家"里的孩子，有的是被父母或亲戚直接送到这里，有的是在大街上流浪，被好心人送过来的。在这里，他们可以得到修女和志愿者们的悉心照顾，可以像其他孩子那样健康成长。Anna说："在这里，英语不见得有多好，能力也不见得有多强，最重要的是宽容和包容，只要怀有一种信念，就可以在这个古老的国度里发现一个真实的自己。"

她向我介绍，孩子们在"仁爱之家"长大是幸福的，因为有其他孩子、修女和义工们的陪伴，这里就是他们的家，孩子们能充分感受到发自肺腑的爱。

被"仁家之家"收留的弃婴，大多都是女孩

"仁爱之家"的志愿者来自五湖四海,有时会协助孩子们进行体能恢复训练

"家",不以血缘缔结,而以爱意筑成

第六章 爱为家

"家，就是去到再远的世界，也能回来的地方。"Anna向远处玩耍的孩子们招手，那些孩子们立刻向她跑来，像落日里的归鸟，"小孩子的心思很简单，对他们来说，被爱着的地方，就是家。"

一个小女孩牵住Anna的手，Anna半蹲下身，亲吻女孩的脸颊。不同的肤色，不同的五官，在这一刻似乎被模糊了界限，所谓"家"，不是用血缘所缔结，而是用爱意筑成。

Anna问我："你有注意到他们的笑容吗？那么美丽，他们的快乐似乎永无终止。"

"因为爱会赋予人生鲜活的颜色。"我若有所思地回答。

她的微笑

"城市，是一个几百万人一起孤独生活的地方"，推开"仁爱之家"的大门时，映入我眼帘的是成百上千个被这个城市抛弃的女婴，像孤独的灵魂注视着人间万物，充满了无瑕的期待与盼望，同时伴随着生存的无情，世间的凄凉，人生的残忍。这是印度的另一面，同样是真实的一面，不管你是否愿意看到。

落日西斜，我感到一种孤寂的悲伤。

没有权利选择来或去，更没有权利选择留下还是远去。女性在印度，有着历史和现实的双重枷锁，她们需要孤独地直面痛彻心扉的主题——生存与死亡，生命与人性，罪过与惩罚，尊重与践踏，高尚与卑微，挣扎与漠视，呐喊与无助。

印度，常把女性赋予千姿百态的意义，他们把土地、河流和国家比喻为"女性"的化身，也把心中膜拜的神灵，看作降临人间的女神，"这世界有多美，女性就有多美"，然而美丽的词汇背后是残酷的现实，女性在印度社会的政治、经济、宗教和风俗中常常受到歧视的困扰。

这是一个地处南亚的国家，具有多元文化、多种宗教、多元法律，还有复杂的社会阶层，印度人重视父系价值和男孩偏好的观念根深蒂固，而固化的宗教情结，使得种姓制度依旧支配着日常的生活风俗和地位阶层。

在印度，人也是分等级的。早期吠陀时代印度人就已以肤色为标准，确定了四种种姓，后面还有贱民的区别，随着婆罗门教的完善和种姓制度的确立，他们认为女性是不洁净的，进而以宗教的方式规定了男尊女卑的性别戒律。《摩奴法典》是印度教中最有权威的一部法典，这部法典用法律的形式把印度女性的从属地位固化，于是低下的女性地位，甚至成为一种风俗，并且持续千年，基于这种对于女性的认知，神话宗教中的女神，也渐渐演化成了邪恶的形象。

女人没有独立性，只是男人的附属品，这形成了约定俗成的现象。为了维护血统的纯洁性，种姓制度带来了种姓婚姻，整个社会只允许同种姓的男女内部通婚，高种姓的男子可以迎

在印度，女性依然有漫长的路要走

娶低种姓的女子，但低种姓的男子不能和高种姓的女子通婚，所以低种姓的女子一心都想嫁给高种姓的男子，想通过联姻的方式来改变自己的命运。

没有爱情基础的婚姻注定带来人性的撕裂，以婚姻改变家族命运的功利性结合，也注定会是一场集体悲剧。很多女方家庭倾家荡产，用抬高嫁妆的方式来吸引男方，以达到嫁入高种姓家庭的目的，这种用金钱买卖的婚姻形式，导致印度陪嫁之风的盛行。

有人说，女性，是世界的光，恰到好处的闪现总会把黑暗照亮，然而印度特色的男权社会、宗教制度、种姓特征、婚嫁风俗等现状，却造成了印度女性畸形的地位。相关报道显示，

勿使忧郁染上眼眉，在阳光里，永远灿烂欢笑

1990年的印度，有将近5000名妇女死于落后的嫁妆制度，如今在很多落后地区，抛弃女童、寡妇殉葬、童婚等陋习依旧存在，屡禁不止。

鸿蒙未开的混沌世界，总是等待着一线光辉或是一声雷霆，即使印度女性有100次转身的机会，但她们眼前的路似乎只有一条，就是在印度特色的国度里努力生存。在"仁爱之家"里，被抛弃的孩子几乎清一色是女孩，印度人的爱是一种附加了前提条件的爱。

我们生来就行走在泥泞的土地上，并不是所有的人，都能像王尔德那样仰望星空，这些被抛弃的孩子，即使向星空的方向望去，看到的也只是前途未卜的宿命。

Lynn是来自美国的一位修女，我在看这些弃婴的时候，她就陪在我的身边,"她们的父母,以为只是抛弃了一个孩子,"她说,"他们不知道自己抛弃的到底是什么。"

他们在抛弃孩子的那一刻,也将自己的良知和爱意,一并舍去了,这是朝拜再多神灵都无法抵消的。

也许人世间最大的悲哀,不是已近极致的生活压力,也不是无常的生离死别,而是亲手抛弃自己的孩子。每一个被抛弃的女孩,都是一出活着的人间悲剧,从一名女性弃婴,到长大成人,这其中究竟蕴藏着多少人世冷暖?

印度独立后,宪法规定,印度公民在法律面前人人平等,无论宗教、种族、种姓和性别,都享有选举权,这些法律法规,不断冲击着传统印度教的种姓性别歧视的习俗和传统。虽然女性的社会地位得到了一定的提升,但城市和农村女性的状况,依然存在着很大的差别,尤其是在受教育权利上的差异。对于女性劳动力和从事农业劳作的农村妇女,土地权显得尤其重要,但是在土地改革的计划中,大部分的土地一直是分配给男性的,女性甚至连土地的继承权都很难拥有,她们是被现实抛弃的一群人。

Lynn怀中的婴儿睡着了,她也因此放轻了声音,"如果世上没有光,从此以后,她们就是自己的光。"温柔是种力量,让迷失的人回头是岸。

似乎是在叮嘱怀中的女孩,也似乎是在叮嘱她自己。

Lynn黝黑的肤色,仿佛在解释,她为何会千里迢迢,从美国来到这里。不过她没有向我说起她的往事,"你在新闻里,应该见过很多故事了,我的故事,也并没有什么不同。"

"他们喜欢用肤色区别生命。"Lynn 说,"就像在这里,他们喜欢用性别区分生命一样。"

但世间的黑白,无法总是通过眼睛区分。

鲁迅曾写过《我们现在怎样做父亲》一文,向尚处蒙昧的国民发出他的声音,"自己背着因袭的重担,肩住了黑暗的闸门,放他们到宽阔光明的地方去;此后幸福的度日,合理的

修女和孩子们的游戏时间

做人。"

世上的孩子，本该因爱而降生，本该在宽阔光明的地方生长，可是眼前的这些孩子们，她们却被丢在了无边的黑暗中。

得到 Lynn 的允许，我抱起其中一个女婴，她用那双纯净的眼睛注视我，全然不知自己注定艰难的命途。这个房间里，还有上百个和她一样的孩子，或醒着，或睡着，我站在弃婴的世界里，想哭，但还是忍住了眼泪。

怀中的婴儿，忽然对我笑了一下。

纯洁天真的脸庞，不知所起的欢笑。

倘若我对她报以婆娑的泪眼，或许，我将看不清她的笑。

于是，我也努力向她微笑。

毕竟，她已向我馈赠了她最为纯真的笑容。

落　椿

我在加尔各答居住的地方，离"仁爱之家"很近，于是我成了那里的常客，几乎每天都会去，也由此认识了许多志愿者。他们来自世界各地，不过大多都有一副欧美面孔，在这个贫困成疾的亚洲城市里，像一抹特立独行的颜色。

提起这些志愿者，惯常的褒词是，他们放弃了原本舒适的生活，不远万里，奔赴于此，只为了帮助那些需要帮助的人们。

手有余香，持以赠人。

在这样肤色的人群里，一个年轻的日本女孩引起了我的注意，她打扮清新，妆容精致，每天见面的时候，我们都会互相致意，以微笑代替言语的问候寒暄，像是某种心照不宣的默契。

她本就生得好看，笑起来的时候，尤其让我想到樱花，梦幻、绚烂，在春风里盛开。

直到那个晚上，她敲开我的房门，用断断续续的话向我表达她的来意，"我们……可、可以……聊聊吗？"

一句简单的话，她说了很久。

她为我带来了一份加尔各答的街头小吃，名为"Kati Roll"的卷饼，烤肉与果蔬混着咖喱，正散发着热腾腾的香味，她的面容似乎也被热气熏染得通红。在暖黄色的灯光里，她微微低着头，因为自己的口吃，眼前的女孩显得更加羞涩和局促。

她想认识我，并成为好朋友。

从她的表情里，我看出她想说的还有很多，但她被言语困住了。我安慰她不必着急，拿出了本子和笔，就这样，我们用混杂着英文和中文的方式，在无言的安静里认识着彼此。

"我是离家出走的。"她写道。

女孩名叫江田中信，有一个常年酗酒的父亲，她对于所谓家庭的记忆，是父亲对母亲极端暴力的殴打，是满屋的碎片和狼藉，是流血、嘶叫和哀求，她说她的母亲曾数次割腕，想要了结如此痛苦的一生,然后,她卷起袖子,两条手臂上,有着触目惊心的狭长伤疤。

"婚姻,是错误的。"

为什么你不是傻子,却要像傻子那样说话呢?我试图向她解释,并非婚姻本身是错误,而是感情发生了错位。当一方的生活,需要依附另一方,攀缘而生、仰望而爱的时候,就已经注定了这是一场脆弱的结合。

"父亲"这个词汇,成为她挥之不去的噩梦,那个本该予她庇护的形象,从此成为她童年时代的阴影,这个阴影终将笼罩她的整个生命。

江田中信的一双眼睛见过许多事情,她却很少畅所欲言。我没想到在这样美丽的面容背后,藏着一个伤痕累累的灵魂。我以为她的口吃是源于造物的不完美,但真相却是人为的剥夺。忘了是在哪一天,她突然发现自己失语了,因为言语已经不能表达她的恐惧和颤抖,言语对罪行的揭露和指责是苍白无力的,她被迫学会了沉默。

"我说得再认真,也没有人听。"

最终,她的父母选择离婚,宣布划清界限,形同陌路,而她夹在其中,也被血淋淋地划开了。

母亲改嫁,有了新的家庭、新的孩子,从她的世界里彻底失联,她选择逃离,逃离那个本就不存在的"家",逃离了无爱之地,从日本辗转来到印度,她说她喜欢这里,从南到北,由西向东,不同的语言、肤色、食物、景色、文化,这个多姿多彩的社会，仿佛能收容所有的来客。

谈到"仁爱之家"的志愿者工作，她在纸上写道："因为他们是被抛弃的孩子，我也是被抛弃的孩子，我们是一样的。"

看到这句话，我没能忍住眼泪，反而是她来安慰我，笑容和每次打招呼的时候一样，宁静而美丽。

眼前的这个女孩要让自己发光，这样才会不害怕黑夜。一个人未必孤独，一群人也未必充实。

因为明白被放弃的滋味，所以她来到这里，发现在这个世界上，还有许多个同病相怜的人，她帮助这里的孩子们，或许，也是在救赎自己。前路未明，荆棘丛生，她，她们，都需要一个存在的理由。

我询问："那么，你在此获得了平静吗？"

她点头，认为自己找到了那种缺失已久的安全感，但她又说，永远不会相信婚姻和家庭，"因为，我再也没有爱人的能力了。"

那天晚上，告别之前，她在本子的角落，画了一朵花，这种花在中国叫作"山茶"，在日本叫作"椿"，是女孩子们和服上常见的纹饰，在日本，椿花是与樱花齐名的圣花，她给了我她在日本的地址，是水户的一个小巷。

她说，如果我春天去，是能看到椿花的。

"椿花，是武士的花。"

很多故事已经落满尘埃，却总让我时时记忆犹新，归国后的第二年春天，我去了日本，在水户市一条大街的尽头，找到

恒河街边，烟火日常，有人停下，有人还在路上

她的家。我敲门敲了很久，来开门的是一位瘦小干净的老人，老人是她的奶奶，是她相依为命的亲人，我用蹩脚的日文说明来意，老人听得有些糊涂，但在我写下"江田中信"的时候，立刻露出焦急而担忧的神色来。

我说我在印度见过她，而老人告诉我，在这一年多的时间里，她依然没有回来。我努力安慰着老人的情绪，同时注意到，在小屋角落的阴影处，摆着几张陈旧的老照片，照片里的小女孩就是她，身边是曾经的爸爸和妈妈，一家三口都在笑。

其中一张，小女孩被爸爸抱在怀里，穿着漂亮的和服，衣袖上绣着椿花。

在日本京都的古刹法然院，有一句石刻的俳句："椿花落了,春日为之动荡。"因为椿落之时,一树花朵同时坠地,不是一瓣一瓣地飘零,而是整朵整枝地谢落,壮烈凄美,有一种向死而生的决心。

我去的时候,正是落椿满地的时节。

在短暂而无常的岁月里,从开至落,刹那芳华,椿花永远怀有勇气与热烈,我想起那晚灯下纸上,她一笔一笔绘下的花朵,在长夜里,依然有着夺目鲜艳的光明。因为想远离现世的喧嚣,有人径直走向了远方,她既不恐惧未知,也不期待明天,时间会教你握手言和,寻求内心的平衡和宁静,放下,才会获得真正的收获。

她说她放弃了婚姻与家庭,可是我知道,她没有放弃与生俱来的爱意和温柔,也许她还在"仁爱之家",也许已经出走到了别的什么地方,我唯一确定的事情是,她一定在世界的某处,明媚、慷慨、无所保留地爱着,因为她有一颗椿花般美好的心灵。

第七章　人间星

> 让我设想,在群星之中,有一颗星是指导着我的生命通过不可知的黑暗的。
>
> ——泰戈尔《飞鸟集·142》

永无战争的明天

开车到达加尔各答的时候,已经是凌晨3点,从车窗向外望去,苍茫夜色中,横亘在街上的是许多看不清楚的不明物体,阻挡着道路,无法通行,直到天蒙蒙亮,睡眼惺忪的我这才看清,原来马路当中,挨挨挤挤睡的都是人和狗——这就是加尔各答给我的第一印象。

加尔各答,与新德里、孟买鼎足而立,是印度最大的都市之一。

这座现实中的城市看似疯了,密密麻麻的人无家可归,然而在印度人的世界里,也许包围着自己的外部世界,才处在疯狂的状态。这是一座曾作为英属印度首都的城市,与孟加拉国隔海相望,自1947年印度独立以后,这里经历了长期的经济停滞和病态的衰落,然而,满目疮痍的历史中,却诞生了两位诺贝尔奖得主:文学奖获得者泰戈尔,和平奖获得者特蕾莎修女。

在特蕾莎"仁爱之家"做义工有短期和长期之分,如果你计划做一周以内的短期义工,那当天早晨在Mother House就可以直接申请,带着护照给修女登记就可以了;如果要申请长期的,就要在每周一、三、五的下午去A.J.Boseroad78号申请,有"儿童之家""垂死之家"等7个机构可供选择。

人,生而不平等,富有和贫困在加尔各答往往就是一线之隔,在这里,我看到很多长期的义工把加尔各答当成固定的志愿者服务中心,很多欧美、南美、中国台湾的学生都会在寒暑假飞来这里,在"垂死之家"里让每一个即将逝去的生命可以体面地离开这个世界,当我看到那些瘦弱得只剩下骨头的躯体,那一刻死亡离我那么近。

在"仁爱之家"是不可以拍摄的,但是通过大使馆报备,我们获得了媒体拍摄权。"老吾老以及人之老,幼吾幼以及人之幼",平等的爱和无私的奉献在这块土壤上生生不息,超越了地域和国界,这让我不由得想起,佛陀在2600多年前提出"人人皆可成佛"的愿望需要多大的勇气。

乏善可陈的岁月里,并蒂生出两个世界,乞丐与神灵、贫穷与富有,到底哪一个更接近生命的轮回呢,我又一次迷失了方向。

特殊的地理环境和历史际遇造就了独具特色的城市文化景观,加尔各答的特点,大约很像泰戈尔的思想及作品,在东方文化与西方文明之间,形成了一种奇妙的交汇和融合。

昨天的已经远去,今天的还很陌生,未来即将发生巨变。

走进加尔各答城内的泰戈尔故居,每一件展品都浓缩着这位作家平凡而传奇的一生。

泰戈尔出生于加尔各答一个富有哲学和艺术氛围的家庭,是印度著名的诗人、作家和社会活动家,1913年,泰戈尔被瑞典文学院授予诺贝尔文学奖，成为第一个获得这项荣誉的亚洲人，漫长的55年后，日本作家川端康成又一次夺得了这一桂冠，2012年，中国作家莫言获得诺贝尔文学奖，成为亚洲第三位获奖者。

这位印度最伟大的作家，对恒河情有独钟，儿时跟着父亲在喜马拉雅山旅行的经历，给他留下了永生难忘的记忆，在泰戈尔30岁以后的10年时间里，他每天都在恒河中畅游，并在行驶的船上完成了《河边的台阶》《邮政局长》《骷髅》《活着还是死了》等一系列短篇小说的写作，恒河的水滋养了泰戈尔，带给他无尽的创作灵感和源泉。

泰戈尔的家，曾经一度是印度的改革家、文学家与艺术家们的活动场所，在他的家族里，泰戈尔的大哥德维琼德拉纳特是诗人、数学家、哲学家和音乐家，他写的长诗《梦游》被看作是孟加拉的不朽之作，他还创造了孟加拉速记体；泰戈尔的三哥海明德拉纳特，使用孟加拉语言教育儿童，这对泰戈尔用孟加拉文写作，起到了潜移默化的作用；四哥巴楞德拉纳特，是孟加拉作家；五哥乔迪伦德拉纳特，在诗歌、戏剧、音乐、绘画等方面都很有建树，他是泰戈尔最重要的精神导师。

泰戈尔的父亲和祖父都曾访问过中国，受到家庭影响，泰戈尔很小就对中国的文化和哲学产生了浓厚的兴趣，并且将这种兴趣持续了一生。

1881年，20岁的泰戈尔写下了《死亡的贸易》，文中描写了鸦片贸易的罪恶与阴暗，谴责英国对中国犯下的罪行，这也许是历史上第一次有外国人为此而发声；1916年，泰戈尔在日本演讲时，直言不讳地指出日本军国主义的侵略行径；1937年，抗日战争全面爆发，泰戈尔通过大量的公开信、谈话和诗篇，谴责日本侵略行为，反对暴力，用自己在国际社会上的话语权，对日本侵略者在中国犯下的滔天罪行予以揭露和谴责，给中国人民以道义上的坚决支持。

在战争年代，文字的力量恰如启明的晨星，或许微弱，却也让人学会仰望高天。

1915年，陈独秀在《青年杂志》（《新青年》）第2期翻译了泰戈尔《吉檀迦利》诗集中的4首诗歌，取名为《赞歌》，郭沫若声称自己的文学"第一阶段是泰戈尔式的"，闻一多、徐志摩、林徽因等新月派诗人的"新月"正取自于泰戈尔的《新月集》，冰心也曾说过："我自己写《繁星》和《春水》的时候，并不是在写诗，只是受了泰戈尔的《飞鸟集》的影响，把许多'零碎的思想'，收集在一个集子里而已。"

通过自己的作品及社会活动，泰戈尔宣扬大爱，呼唤良知。印度的飞鸟跨越远洋，在中国的国土之上，璀璨如繁星，温厚如春水。

1924年，中国正处于世事纷乱、思想交锋的历史转型时期，一代知识分子在社会现实的情境里，感到了前所未有的迷茫和无助，在经历了新文化运动、五四运动的洗礼以后，中国文坛兴起了翻译泰戈尔作品的热潮，这一年春天，泰戈尔从加尔各答乘船出发，经香港抵达上海，他的到来，让当时的中国忽然看到了具有参照可比性的另一种东方文化，此次交流，成就了近代中外文化交流史上的一桩盛事。

在泰戈尔来华之前，孙中山也曾向他表达欢迎之意，"先生来华，如得亲自相迎，当引为大幸"，而泰戈尔对中国，似乎有一种格外的熟悉和亲密，"我不知道什么缘故，到中国便像回到故乡一样，我始终感觉，印度是中国极其亲近的亲属，中国和印度是极老而又极亲爱的兄弟。"

在42天的中国之行中，泰戈尔到访了杭州、南京、济南、天津和北京等城市，并先后在30多次的演讲中，回顾了中印之间源远流长的友谊与文化交流。泰戈尔在清华大学度过了64岁的寿辰，这一天，为了庆祝泰戈尔的生日，胡适主持了一场盛况空前的大会，梁启超作为代表致辞，徐志摩、林徽因、张歆海等人还特地赶排了泰戈尔的剧本《齐德拉》，并用英文演出。

在聚会上，泰戈尔对坐在身旁的梅兰芳说："在中国能看到自己写的戏，我太高兴了。可是，我更希望能观赏到你演出的戏。"梅兰芳欣然答应，邀请泰戈尔观看自己新排演的《洛神》，几天后，泰戈尔一行便在开明戏院观看了该剧，中国的戏曲给泰戈尔留下了非常美好的印象，于是他酝酿了一首小诗，赠给梅兰芳，小诗先用孟加拉文写成，又自译为英文，并用中国的细毛笔题写在一柄纨扇上，"亲爱的，你用我不懂的语言的面纱遮盖着你的容颜；正像那遥望如同一脉缥缈的云霞被水雾笼罩着的山峦。"

通过这次访问，泰戈尔与梁启超、梁漱溟、林徽因、梅兰芳等人都结下了深厚的友谊。

1924年的中国，战火纷飞，长夜无明，泰戈尔却用他温柔的胸怀和洞见的目光，对那时的中国说道："我相信，你们有一个伟大的将来。我相信，当你们国家站起来，把自己的精神表达出来的时候，亚洲也将有一个伟大的将来。"

话语穿过岁月，余响悠长不息。

在泰戈尔结束中国之行，回到印度后，1928年，印度国际大学开设了印度第一个中文班，并在1937年改设为中国学院，它成为两个古老国家的文化联系纽带，在泰戈尔的邀请和引领下，出生于湖南的谭云山教授来此任教，开始研究两国人民在长久的历史联系中所共享的文化遗产与所发生的文化交流，影响深远，意义重大，足以成为现代中印关系里程碑式的重要事件。

1924年，谭云山奔赴南洋留学，在新加坡与泰戈尔相识，两人成为忘年之交，此后余生并肩相携，致力于两国的文化交流。新中国成立以后，谭云山受邀参与国庆典礼，两度返乡，并受到国家领导人的接见。1968年，谭云山从印度国际大学中国学院荣休，他不仅是终身名誉教授，还被授予了该校的最高荣誉文学博士。

回国后不久，经由冯骥才先生的介绍，我在天津大学结识了谭云山先生的儿子谭中，老人正在举办中印文化交流的讲

菩提与樱桃：从印度到波斯

座，家学相承，文心不绝。谭中教授说："1929年，母亲抱着我从马来西亚到印度国际大学和父亲团聚，泰戈尔过来看望我们，还特地风趣地给我取了个印度名字 Asoka'阿输迦'，古代阿育王的名字。"谭中教授在研讨会上说，父亲对中印文化交流做过很多努力，他为此感到骄傲，印度学泰斗季羡林先生也曾经说："谭云山的特殊性在于他和中印两国的领袖都有深厚的友谊，是沟通两国的'金桥'。"

在印度，泰戈尔始终致力于民族解放和独立，反对英国殖民统治的运动，第一次世界大战爆发后，他远涉重洋十余次，宣扬和平与独立，热情歌颂爱国主义，第二次世界大战

泰戈尔故居,斯人已逝,陈迹犹在,每件展品都诉说着这位伟大作家的一生

群鸟歌唱，晨风带来了新生的兴奋

爆发后，他继续执笔，痛斥希特勒的野蛮行径，支持世界各地的人们为正义而战。他曾高唱着自己所写的诗篇，领导反抗殖民的游行，英国政府授予他爵位和权力，他弃如敝屣，印度人民追随他，尊敬他，纪念他，尊称泰戈尔为"诗圣"，是"印度的良心""印度的灵魂"。

"在我离去之前，我向每一个家庭呼吁——准备战斗吧，反抗那披着人皮的野兽。"

在泰戈尔辞世的第20年，即离开中国的第37年，梅兰芳仍在怀念他，"日月不居，忽忽三十余载矣。兹值诗人诞辰百年纪念，回忆泰翁热爱中华，往往情见于词，文采长存，诗以记之。"

泰戈尔对中国、对世界的爱是始终如一的，他奔走一生，只是为了建设一个没有战争的、彼此相爱的人间。

走出泰戈尔故居的时候，不知何处，传来印度的国歌，这是泰戈尔的诗篇《人民的意志》，在1950年，被定为印度国歌。

> 夜渐明了，太阳从东方升起，
> 群鸟歌唱，晨风带来了新生的兴奋。

第三条道路

在印度的首都新德里，亚穆纳河畔，印度的国父甘地长眠于此。

莫罕达斯·卡拉姆昌德·甘地，泰戈尔尊称他为"圣雄"，即兼具圣人和英雄于一身。圣雄"Mahatma"来源于梵语，意思是"伟大的灵魂"，埃德加·斯诺说他"一生都在追求真理"，罗曼·罗兰将他和列宁、孙中山并称为"一个民族乃至全人类的忠仆"。

甘地说，"国家都是由苦难中产生的"，结合印度国情，甘地用一种前所未有的方式实现了自己的政治目标，他用非暴力的手段、自己的信念与行动，凝聚起人民的情感，给了人们勇气、信心和方向，鼓舞和领导了印度人民反抗英国殖民统治，争取民族独立的运动。

甘地的一生，行坐寝食，无一不和"非暴力不合作"相关相知，这是他的生活态度，也是一种执念。在他的领导下，印度曾爆发过三次大规模的反抗英国殖民政府的运动，人民通过一系列非暴力的手段，表达不合作的态度，他们抵制英国的学校、法庭，拒绝购买英国的货物，拒绝遵守英国的税法，在甘地的感召下，无数手无寸铁的百姓，选择坦然走上街头，以血肉之躯，面向敌人的枪林弹雨，除此之外的故事都是大江逝水，不被人记起。

在倒下之前，绝不后退一步。

甘地的非暴力思想，来源于恒河之畔森林里诞生的印度教、佛教和耆那教不杀生的哲学，一个人的思绪里有了菩提，就会忘记自己，心中一片空旷和慈悲。恒河孕育了印度本土宗教，孕育了神话，浇灌出了宗教圣典和两大史诗，又与圣人有着无法割舍的情结——它哺育出了文化巨人、政治伟人和了不起的家族，由此看来，恒河沿岸的许多圣地，以及壮观的朝圣仪式和集会，似乎就是很自然的事情了。

圣雄振臂一呼，将印度人民从数百年的睡梦中唤醒，不费一枪一卒，赶走了统治几百年的英国殖民统治者，避免了千百万人的流血牺牲和生灵涂炭，创造了世界历史上的奇迹。

埃德加·斯诺在《西行漫记》中写道:"毛泽东读过很多有关印度的书,并向我问到有关甘地、尼赫鲁和查多巴蒂亚等领袖的情况。"甘地不仅受到印度人民的敬仰,他的思想也被传播到了世界各地。"非暴力不合作"的方案,是人类抗争历史上绝无仅有的特例。甘地对人的精神力量有巨大的信心,对人性也始终保有悲悯的注视,实行"非暴力"政策的本质,是因为他坚信,爱是一种与生俱来的天赋,也是人之为人的根本,本性中的善意和良知,是无法被消磨的。

如果人从诞生之初,就一定要存在某种倾向的话,那么,这种倾向,一定是彼此相爱。

对同胞如此,对仇敌亦如此——人有立场,亦有本心。

甘地的理念强调感化和唤醒,它诞生在恒河流经的国土上,似乎也只能在这里生效。对神明的信仰远胜于对枪炮的恐惧,所以印度的人民愿意追随甘地,选择在祈祷和静默中迎接死亡,他们拒绝向任何人举起刀剑。

1930年,英国政府提高了印度食盐的价格和税收,于是甘地从印度西部的艾哈阿迈达巴德出发,竹杖芒鞋,白布为衣,向孟买的海边徒步而去。他亲自蒸煮制盐,此时,他身边的信众已有数千人,英国当局迅速逮捕了甘地,但是游行的声势却有增无减。

英国的警察全副武装,使用惯常的方法,以暴力镇压和驱赶着人群,然而眼前汹汹的人群,没有反抗,只有无声地倒下,和后继者从容地前进。

人群不再畏惧死亡，反倒是那些持枪者，感到了前所未有的震慑。

最终，英国总督不得不妥协，释放了甘地，并归还了煮盐的权利，双方签订《甘地-欧文协定》，又称《德里协定》。

圣人信仰宗教，信奉神明，却也绝不盲从。在甘地看来，印度教的教义并非完美无缺，他旗帜鲜明地反对贱民制度，认为神明的爱不应有三六九等之分，他称呼贱民为"哈里真"，即"神之子"。

万民众生，皆神之子。

甘地躬身力行，收养"贱民"为义子义女，同时，也致力于普及文化教育，开展乡村建设，提倡手工纺织，等等。他的一生或许有诸多身份，他是毕业于伦敦法学院的律师、是印度国民大会党的领袖、是民族解放运动的领导人，但唯一不变的身份是，他始终是依偎在恒河之畔的魂灵。

1948年，甘地遭到印度教顽固教徒的刺杀，一代英才，与世长辞。

1999年，美国《时代》杂志评选20世纪风云人物，排在第一位的是爱因斯坦，第二位的是罗斯福，而排在第三位的，就是圣雄甘地。

甘地留给印度的，或者，留给世界的，实在很难用惯常的标准去衡量。他为这片土地带来独立与自由，他终生贯彻自己的信仰和志向——世上的诸多英雄圣贤，皆是如此。我想，甘地的与众不同，并不在于他的目标，而在于他的手段。

甘地曾在一次演讲中，将他的"手段"昭告世人，"有两条路可以改变一个统治者：第一是砍掉他的头，第二是逼迫其让位，但我却有着第三条道路，那就是爱。"

我到访甘地的陵园时，映入眼帘的是一片开阔，整体建筑简单素净，不事雕琢，使人一眼望知主人的风骨。

印度的人们来到这里，往往是一身白衣，赤足而入。

白，是一种纯净而虔诚的修行之色。

陵墓的正面，写着甘地中弹身亡前的最后一句话，"啊，天哪。"对世间的爱，对神明的爱，尽止于这一句话，神之子的魂灵，将在恒河的水中永眠。

奥地利小说家茨威格，在《人类群星闪耀时》里写道："将无法实现之事付诸实现正是非凡毅力的真正的标志"，甘地的思想和道路，时至今日仍然存在着争议，想要获得自由与胜利，似乎总有其他更加切实有效的方法，相比之下，"爱"，更像是一个虚无缥缈的幻想，难以在印度之外的人世间落实。

墓北有一长明灯，火焰摇曳，终岁不熄，其实只是小小的一簇，静静地燃烧着，算不上耀眼夺目，然而，再微弱的光，也总有它可以照亮的地方。

"万物皆有裂隙，那是光照进来的地方"，驻足于裂隙之侧，甘地种下的光的种子，扎根于生命最原始的土壤，永远具有旺盛坚韧的根系，烧不尽，吹又生。

爱是第三条道路，是解答一切的答案，尽管大部分的人，可能已经忘记了这一点，但是，只要还有人愿意来到这里，世间就依然会有奇迹发生。

　　来者仍白衣，墓草已青青。

第八章 寻常歌

> 世界以它的痛苦同我接吻，而要求歌声做报酬。
>
> ——泰戈尔《飞鸟集·167》

平凡的神圣

印度人对待工作，有一份特别的态度。

繁琐而劳累的洗衣工作，在Horilal看来是神圣的，他以宗教般的虔诚，从事着自己世袭的职业——不过，这并不是他一个人的想法，很多平凡的工作，在印度人眼里都是神圣的，比如说，送饭。

送饭，这是印度孟买一个独特的服务行业。

在孟买工作的男人们，每天中午的好口福，都得益于一类特殊的人群，他们被称作"达巴瓦拉"，意思是"送午饭餐盒的人"，每天在上午10点左右，"达巴瓦拉"们会准时登门，赶到各处委托人的家中，带上餐盒后匆匆离开。

饭盒里装着典型的印度午餐——咖喱、熟菜、面包和烙饼，它们出自妻子、姐妹、母亲或祖母之手。岁月变迁，"达巴瓦拉"的送饭技艺世代相传，始终保持着独特而神秘的创造性，这也成为这门技艺传承至今的最大缘由。

不管是刮风下雨，还是烈日炎炎，只要临近午饭时分，在孟买这个拥有众多人口的大都市里，一定可以看到很多戴着白帽子、送盒饭的人，他们或者选择手推车，或者直接头顶，他们有时骑单车，有时坐火车，有时干脆跑步，这些匆忙奔走的

第八章 寻常歌

身影,穿梭于孟买的大街小巷。

不管是哪种方式,"达巴瓦拉"都用尽可能快的速度,将装着饭菜的盒饭从各家各户收集起来,然后再派送到各个办公室,他们务必要在13时的钟声敲响之前,跑进政府、学校、工厂、企业,无论在哪个地方,都要将客户家人亲手做的午饭送到客户手里。

在孟买,目前有五六千位"达巴瓦拉"在从事送饭这一工作,他们的数量还在以每年5%—10%的速度递增,这个特殊群体每天为20多万名顾客送去午餐,服务对象数量的庞大,决定了"达巴瓦拉"运送网络的庞大,这个网络如同密密麻麻的蜘蛛网,覆盖了整个孟买城区。

我在孟买拍摄送盒饭的"达巴瓦拉"的时候,因为这个行业带有一定的机密性,其中有许多商业秘密,是不能让外人知晓的,如果要全程记录真实的送饭过程,就难免要进行跟踪拍摄,也因为这个缘故,拍摄的进程一度中断。

后来,经过当地人的介绍,我得以了解到,"达巴瓦拉"从各家各户收集到盒饭之后,会一起聚集到维多利亚火车站。只在短短15分钟的时间内,他们就能完成从会合到分发出去的过程。

当时现场的景象非常壮观,可以看到成千上万的"达巴瓦拉"在井然有序、十分麻利地分发几十万份盒饭,而时间竟然只有15分钟,这无疑是一个奇迹。从拍摄的角度来说,更是过于短暂,只能分秒必争,于是我们使用两台摄影设备同时拍

自行车、手推车、火车,"达巴瓦拉"会以各种方式运送餐食,风雨无阻

摄,从抓拍局部的细节,到宏观镜头的拍摄,从静态的记录,到动态的拍摄,我们一直在现场,紧随其后,精神高度集中。

进行拍摄的时候,室外足有40摄氏度的高温,虽然团队里的每个人,身上的设备负荷都相当重,但当"达巴瓦拉"骑上自行车,去各处送盒饭时,大家也只能端着拍摄设备,一路踩着水坑,跑步跟随,当他们跳上火车去送盒饭时,我们也跟着一起上了拥挤的火车,一路跟踪拍摄。

印度的火车没有门,尽管是按照站点卖票,但乘客们却可以自由地跳上或者跳下,完全不为火车的速度与站点所束缚。

"达巴瓦拉"这一职业,看起来似乎简单,但在孟买,却已有着长达140多年的历史,经过1个多世纪的风云变幻,这些"达巴瓦拉"们，形成了庞大的运送系统，没有任何文字记录体系，用简单的颜色和符号就能使一个个饭盒准确地送到某个办公室的某一个人手中，百年来，这个群体与孟买共同发展，是一道独特的风景。

"达巴瓦拉"最早出现在1890年，当时，英国的殖民者借助东印度公司，打开了进入印度的门户，不过他们虽然占据了印度的土地，却难以适应这里的饮食习惯与风土人情。许多来到印度的英国人，依旧想念着家乡的美食，于是，这些专门运送食物的"达巴瓦拉"便应运而生，他们把英国殖民者每天需要的食物，直接从家里运送到其所在的工作地点。

印度的特色料理"murgh makhani"即是对西方料理黄油鸡的改变，除了用传统的番茄、洋葱、奶油辅以鸡肉之外，还添加了本土独特的咖喱配方，如今已成为印度正餐中不可或缺的经典菜式。"殖民者"的称号，早已消散在历史的尘埃中，但"达巴瓦拉"这一职业，却在孟买这块土地上深深扎下了根，只不过，他们的服务对象从英国的殖民者，变成了自己的同胞，而这一特殊群体，也已成为孟买这座城市密不可分的组成部分。

100多年来，"达巴瓦拉"已经与宝莱坞齐名，成为孟买的重要标志。

为了区分不同客户的地址，"达巴瓦拉"有他们自己独特的工作方式。每天20万份的盒饭，从哪家去取，要送到哪里去，都要精确无误，绝不能出任何差错，如何区别和运送，在外人看来，实在是个巨大的难题。不过，对于还没有使用电脑扫描和通信科技的"达巴瓦拉"来说，这似乎并不算什么难题，他们在每个饭盒上，做出有各种色彩的标志或横条，那些看似天书的编码数字，正是"达巴瓦拉"自己独创的一套记忆方式，简单而有效。

孟买的"达巴瓦拉"，大多来自普纳地区，他们有着共同的风俗习惯，信奉同一个神，对信仰极为虔诚。他们认为，运送食物是最大的善举，无论发生什么，盒饭都必须准时送达。虽然"达巴瓦拉"的身份都相对低下，文化程度也不高，但他们都是虔诚的教徒，体现着印度的宗教精神。

由信仰带来的敬业精神，是"达巴瓦拉"成功的重要因素，即便是在孟买的雨季，他们都会风雨无阻，他们从不迟到，每天准时奔波在送饭的路上。即便某个送盒饭的"达巴瓦拉"在路上发生什么意外，也一定会有人接手，继续这一行程，保证准时将盒饭送达。

他们的内心是充实的，他们在做着自己认为正确的事情，支撑他们这些行为的，是他们对宇宙、对生命、对生活的认知，这种认知通常体现为信仰，是一种面向生命、面向生活的人生信仰，永不停息。

第八章　寻常歌

棋　局

有人说，印度人的一生就是一场漫长而虔诚的修行，100多年来，"达巴瓦拉"见证了孟买日新月异的发展，也在每天坚守着妻子为丈夫们准备的每一份便当。

只是，当"达巴瓦拉"带着数以万计的盒饭，奔赴各自的远方时，我常常会想到那些守在家中的女性，即使在今天的印度，父系家长制观念仍然是歧视女性、阻碍印度妇女地位提高的重要因素。

女性的社会地位提高，在于掌握一定的文化知识，只有掌握更多的文化资本，她们才会有自我意识的觉醒和维护，引导社会形成正确的性别价值观。

我总希望，当我再来孟买的时候，能够记录的，不仅是她们细致精湛的厨艺。

Sarkar是孟买一家IT公司的职员，他在市区工作，家却住在郊区，一天来回需要3个小时。他每天早上7点准时出门，与此同时，妻子也开始在家里为他准备午餐，然后整理打包，交给前来取餐的"达巴瓦拉"，这样Sarkar就可以每天中午吃到妻子亲手做的新鲜食物。

Sarkar从小在孟买长大，当他还是个孩子的时候，就经常

"达巴瓦拉"手中的盒饭,都是由姐姐、妻子或者母亲亲手制作

看到这些顶着午餐盒忙碌的"达巴瓦拉",他有时还会跟在这些人的身后奔跑嬉戏。等到 Sarkar 踏上社会,成为上班一族的时候,他也过上了与"达巴瓦拉"相伴的生活,每天中午,他都会在自己的办公室,等待妻子烹饪的热气腾腾的新鲜饭菜送达。

"达巴瓦拉"这一职业,之所以能在孟买风行百年而不衰,从某种程度上说,是当地人口日益剧增的"副产品"。孟买是印度第一大城市,被称为印度商业和金融中心,是印度人口最为密集的城市,这里聚集了众多 IT 从业者和高科技人才,是白领和职员最集中的地方。在这个土地有限、寸土寸金的大都市里,房价居高不下,堪称印度第一。在市区一套不到 100 平方

第八章 寻常歌

米的公寓，月租金竟然高达2000美金到3000美金，这是大部分人无力承担的，所以那些为生活所迫的市民，都不得不选择房价相对便宜的郊区居住。

19世纪90年代，孟买正处于发展初期，外地移民开始纷纷涌入这里，这些来自印度各地的人，饮食习惯差别很大，众口难调，加上印度人对饮食还有很多禁忌，常常与宗教和种姓制度连在一起，所以大多数移民都希望能在工作了一上午后吃上自己家里做的可口的饭菜。

从地理位置上来说，孟买是一个狭长的城市，南部主要是商业中心和办公区，北部是居住区，整个城市的人，几乎都住在这个区域。每天早上，都有大量的上班族，从城市的北边，像潮水般涌向南边市区，下班以后，他们又成群结队地返回北边郊区的家，日日如此，周而复始。

从北边的家里出发，到南边的工作地点，平均每个人每天花在路上的时间，就有三四个小时，于是午饭就成为困扰很多印度人的头疼问题，"达巴瓦拉"就是为了解决这一问题应运而生的职业。

孟买城郊的铁路系统，全长300多公里，它将城市的各个主要地区串连起来，形成一张密集的交通网络，这个交通网络的核心，就是维多利亚火车站。

1887年，为了纪念维多利亚女王即位50周年，英国殖民者在印度建造了一座具有哥特式风格的维多利亚火车站。如今，130多年过去了，这里依旧是孟买主要的交通枢纽，是印度最为繁忙的火车站。11点45分，庞大的送餐队伍，会乘坐火车来到这里，并以这个火车站为餐盒的集散地，然后呈辐射状，用各种方式将盒饭准时送达，这不仅需要体力，而且还必须与时间赛跑。

住在市郊的孟买人必须依靠城郊铁路往返工作地和家，拥挤的火车上没有太多座位，多数人都站着，而每个"达巴瓦拉"还都带着40多个饭盒，这些饭盒常常被装在一个保温箱里。不过，车厢里没有多余的空间来放保温箱，所以他们只好把它顶在头上。大约1个小时后，市中心的火车站将迎来四面八方的"达巴瓦拉"，在车站，另一批"达巴瓦拉"已经等候多时，这里是他们的中转站，在那里，保温箱里的饭盒将会按地域被分配到手推车上，一个手推车可以装下200多个饭盒。

中午，是大多数白领们用餐休息的时间，不过对于Sarkar来说，还有一通必须完成的越洋电话。他的日常工作，主要是为美国硅谷的公司提供一些技术服务，为了配合美国的时差，每天的例行通话就定在了中午。印度作为

"达巴瓦拉"拥有独特而庞大的运送系统，用简单的颜色与符号就能区别数量众多的盒饭

第八章 寻常歌

世界排名第二的软件大国，在IT领域一直有着引人瞩目的成绩，位于印度南部的城市班加罗尔，是高新技术产业的集中区，印度35%的IT人才都汇聚其中，素有"亚洲硅谷"的美誉。

漫步在印度街头，随时都能在街边看见与父母下棋的小孩子们，尽管他们的棋子只是寻常的石子。奥数类游戏是印度人最为钟爱的一类游戏，无论老小，都能乐在其中，可见，印度人在数学方面的天赋，也并非无迹可寻。

餐盒上标有只有"达巴瓦拉"他们自己才可以辨别出来的记号

"达巴瓦拉"在维多利亚火车站出口根据片区不同分发餐盒

不过，在印度能接受大学教育的人，当属凤毛麟角，Sarkar毕业于赫赫有名的印度大学，获得了数学系的硕士学位，放在中国，也是典型的高材生，很可能会拥有一段前程似锦的人生，而Sarkar在孟买的生活，也确实算得上中产，只是，当我走入他的家中，才发现想象与现实之间，仍隔了一段并不算短的距离。

夏季虽然达到40摄氏度的高温，Sarkar的家里却鲜少使用空调，水泥的墙面和地面，似乎加剧了这种炎热之感。因为工作需要，Sarkar有一台手提电脑，大概是使用了太久的缘故，键盘竟然一粒一粒剥落下来，Sarkar在展示给我看的时候，微微显露出一些窘迫，但是这个物质的世界，在他眼里，终归是平和而非尖锐的。

"我想，我应该追求那些能求到的，求不到的，也许本就不属于自己吧。"

印度人是非常相信命运的，倘若人生宛如一场浩大的赌局，每个人在走上牌桌之前，都不知道自己会抽到怎样的一副牌，所以唯一的选择，就是谨慎而认真地出牌，毕竟，没有必赢的牌面，也没有必输的牌面。

"人是无法凭借心意而洗牌重来的，"Sarkar说，"但是，体验本身，才是牌局的精彩之处。"

无论是"达巴瓦拉"，还是IT职员，对他们来说，说到底，生命也只是一场体验而已。

第八章 寻常歌

海上明珠

第一次到达印度,当飞机缓缓降落在孟买国际机场,时间已是当地凌晨3点。不过一下飞机,眼前涌现的景象,却热闹得如同自由市场,人声鼎沸,此起彼伏,放眼望去,虽然是在凌晨,但机场里到处攒动着人影,到处都是嘈杂的声音,我竟一时之间感到有点恍惚,某种先于理性的直觉告诉自己——已经到印度了。

孟买是印度西部的一座港口城市,人口规模仅次于首都新德里,然而,在英国的殖民者到来以前,这里只不过是一片蛮荒之地。如今的孟买,富豪云集,独步全国,有人用"皇后项链"一词极力赞美它的繁华。同时,达拉维贫民窟也坐落在孟买,它是世界第二大贫民窟,房屋拥挤,卫生堪忧,孟买的贫富差距,有着相当惊人的悬殊。

一座城市,拥有截然不同的两面。孟买有富商、名流、明星、学者,也有破败、简陋、肮脏、落后的贫民窟,孟买光鲜的一面是别墅林立、香车宝马,孟买阴暗的一面是贫困交加、衣衫褴褛。

在孟买的海边,坐落着一座五星级的酒店,那就是泰姬陵酒店。酒店创建时的印度,尚处于英国的殖民统治,酒店的创始人是"印度工业之父"贾姆希德基·塔塔，总共斥资1亿多美元。泰姬陵酒店富丽堂皇，优雅高贵，几乎可以媲美皇家官殿，在当地人的心目中，它是"阿拉伯海边的一颗钻石"，独一无二，不可替代。

酒店采用了印度建筑风格的圆顶，而雕饰的哥特式花纹和罗马式花纹，又具有鲜明的维多利亚时代特点，东西方艺术的交融，在这里得到了有力的实践。酒店共有6层，500余间客房，当年为了打造这座酒店，创始人塔塔跑遍了伦敦、柏林、巴黎等城市，亲自敲定酒店陈设的每一处细节，博采众长，追求极致、国际化的格调和品味，这些都奠定了泰姬陵酒店的奢华品质。

在漫长的岁月中，这座酒店招待过世界各地的知名来客，威尔士亲王、爱丁堡公爵、克林顿夫妇、奥巴马夫妇，等等，它以永远夺目的姿态，见证着印度的风云变幻。

2008年，这里发生了震惊世界的恐怖袭击事件。

酒店被围困了整整三天，枪手肆意来去，无差别地进行屠杀，数十名员工和客人在这场恐怖袭击中丧生，在火光冲天的绝望中，主厨Oberoi挺身而出，组织员工，保护客人，挽救了很多人的生命。他的事迹被拍成电影《孟买酒店》，在接受采访时，Oberoi表达了自己的愤怒，"他们毁了我们的家，他们怎么能毁坏我们的家？"

经此浩劫，泰姬陵酒店的大堂、餐厅等场所，都受到了严重的破坏，但是这颗"阿拉伯海上的钻石"，并未就此而陨落，两年后，在印度独立纪念日的当天，酒店重新开业，大厅之中，已多了一面肃穆的纪念碑，刻着31位遇难者的姓名。

两年的时间，修复尚未全部完成，不过现任的集团主席早已宣布他的决心——"重建每一寸"。

2016年，英国威廉王子和凯特王妃走进泰姬陵酒店，在纪念碑前献上素白的花圈。

事实上，早在第一次世界大战期间，泰姬陵酒店就曾被征用为临时的医院，豪华的客房，安置其中的，却是数以百计的病床。历史的风霜，从未磨损这颗钻石的光辉，只要永远有"重建每一寸"的决心，就不会被任何枪声击倒。

印度孟买的明珠，绝非虚有其表。

酒店的每一个房间都有阳台，阳台面向大海，可见浪潮，亦可见阳光。

曾有人研究泰姬陵酒店大门的朝向，它背向大海，向市区而开，据说，是为了表达对海上殖民者的不欢迎，不过也有一种观点认为，创始人的本意，是希望来客都能在阳台上欣赏浩瀚的海景。

真相如何，已不得而知，但我倾向是后一种，倘若在恨与爱之间，必须有唯一的答案，印度人通常不会选择前一种。

黑暗的风景里，酝酿着内心的星云。

孟买是一座贫富交织的城市，每个人身在其中，都需要迎接自己的命运。这里有洗衣世家，有"达巴瓦拉"，他们背负着注定低人一等的出身，世袭着祖辈的工作，却选择以神圣而虔诚的内心，迎接命运的磨砺；这里有平凡的上班一族，他们每天来回奔忙，周而复始，在简单的物质生活里，淡泊无争，安静自守；这里有声色浮华的富人世界，在血腥与死亡的阴影中，依然面向大海而屹立，既能迎朝阳，也能迎风雨。

　　世上的路有千万条，各自行走，各自悲喜，但没有一条是坦途。

第九章　旧国都

你那点燃心灵的宫殿,
是我们倾诉心曲的地点;
我恳求真主保佑你,
莫让岁月的灾难把你毁于一旦。
——节选自《哈菲兹抒情诗全集·二十》

生命树

沿着北纬30度线，从杭州一路向西，怀抱良渚的晨光，攀越西藏的雪山，涉过印度的恒河，我终于抵达了这片名为"伊朗"的土地。我们所见较之于未见，小之又小，我们的未知和所知相比，大之又大。摒弃己见和固有思维，让你的脚步先于心灵向前踏出一步，步履不停，目之所及，都是世界和生命的真谛。

这条神秘的纬线，是一条双向流动的文明艺术之线，古往今来，代代往复。它既是从东向西的丝绸之路，也是从西向东的艺术之旅。在遥远的过去，丝绸之路的存在，将以长安为中心的黄河文明，与以巴格达为中心的两河流域文明，紧密连成一条生命线，既让那时的古中国得以认识西方，走向辽远的世界。同时，也将伊朗、伊拉克"生命树"的种子传播到了东方。

文化与艺术，总是在交融中不断更迭，生机勃勃，历久弥新。

我搭乘伊朗马汉航空公司的航班，晚上10点在浦东机场起飞，经过8个多小时的飞行，在德黑兰时间清晨5点降落在德黑兰伊玛目霍梅尼国际机场。我们刚办完出关手续，就听到宣

第九章　旧国都

礼声响起，正在机场办手续的人们一听到这个声音，就从随身的行李中拿出一块小地毯，就地开始礼拜。而我们很快就在随行翻译的引领下和负责接待我们的伊朗女孩马蒂丝接上了头。我们坐上了早已等候在机场外的巴士后，当地的司机就拿出了一盒点心请我们品尝，他虽然不会英语和中文，但从他的表情中就能感受到他的热情。

德黑兰城市全景，在霞光与雪色中温柔静默

伊朗首都德黑兰的地标性建筑——自由纪念塔

　　德黑兰的清晨一片寂静，从机场去往宾馆需要40分钟，一路上，窗外的风景吸引着我们。从机场开往市区，巴士走的是一条新修不久的高速公路，这条公路宽阔又笔直。收音机里正在播放用波斯语朗诵的诗歌。如果说中国人爱诗，那么伊朗人爱诗有过之而无不及，尤其是伊朗人对诗人的挚爱与崇敬，到了把他们神化的程度。

　　马蒂丝告诉我，以前德黑兰大多数基础交通路线都是巴列维王朝时代遗留下来的，但经历了八年两伊战争的创伤，使得伊朗几乎成了一片废墟，保留下来的也是坑坑洼洼的马路和破败不堪的建筑。而如今德黑兰人的生活与我们的并没有什么区别，地铁将人们运送到城市的各个角落。德黑兰最著名的旅游

第九章 旧国都

景点莫过于山脚下的巴列维皇宫，花半天时间沿着溪流在森林里漫步，仿佛回到了那个曾经奢华的时代。德黑兰机场附近为了纪念波斯帝国建国2500周年，建立起一座白色纪念塔——自由之塔，在繁华的城市中少了些许历史的厚重，却多了几分优雅。

伊朗，一个具有5000年历史的文明古国，在历史上大多时期都被称为"波斯"，波斯帝国建立于公元前6世纪，当时中国正处于春秋时期，动乱渐显的岁月里，波斯帝国已经在西亚崛起。波斯曾称雄于欧、亚、非三大洲700万平方公里的广袤地域，在世界古代史上，是名副其实的超级大国。

白雪覆盖的厄尔布尔士山脉，与扎格罗斯山脉并列为伊朗的两大山系

古丝绸之路的开通、中国唐王朝的鼎盛与衰落、明王朝的建立等许多重要的历史事件都与波斯相关联。当今,中国物产丰富,特别是蔬菜、水果等品类繁多。这种关乎每个中国人日常饮食的东西,其实也都与波斯密不可分。我曾去伊朗驻中国大使馆参加活动,发现他们都用开心果招待客人。所以一到伊朗,我就惦记着哪里有卖开心果的地方。伊朗女孩马蒂丝把我带到一条商业街上,这里一家挨着一家的店铺都是卖开心果、藏红花、蜂蜜等各类食品的。开心果,我国古代叫它"阿月浑子",这是世界四大干果之一。

古代的丝绸之路上,阿月浑子与香料是运往中国的主要商品。开心果原产于伊朗,是伊朗的主要经济作物之一,主要产区是拉夫桑贾县。这种树10年才能挂果,需要在阳光充足、昼热夜冷的地区生长,我国新疆的喀什地区也种有这类树,是当地特有的经济树种。伊朗是目前世界上最大的开心果生产和出口国,这几年开心果出口量占其外贸出口量近一成。

中国古代的四大发明以及丝绸、瓷器、茶叶等传向欧洲,波斯也起到了不可替代的桥梁作用。作为一个伟大的文明古国,波斯始终保持着对自身文化传统的珍视与自豪。同样,也常常表达出对于人类的,例如中国的文化传统的理解与敬意。

公元3世纪,波斯人在今天伊朗西南部胡齐斯坦省的地方,兴建了一座科学城,集中了来自帝国各地的一流学者和科学家。城中有世界上第一所医科大学,除了有伊朗的医生执教以外，还从希腊、印度聘请学者授课。在极盛状态时，国王甚至亲自参加学术讨论会，并且听希腊学者讲授哲学。

公元9世纪，波斯数学家花拉子密用阿拉伯文撰写的论文《印度数学算术》传到欧洲，欧洲人学会了"1234"，并称它为"阿拉伯数字"；花拉子密的另一篇代数学论文《代数学》被译成拉丁文后，同样在欧洲产生了巨大影响。公元10世纪至11世纪的波斯医学家阿维森纳，曾撰写伟大的医学著作《医典》，直到19世纪，《医典》依然是欧洲医科大学使用的教材。

伊朗，这片古老深沉的土地，孕育了伟大的波斯文明，博大精深的两河流域文明深远地影响着人类的文明进程，时至今日，它仍对全世界产生着不可低估的影响。它是文学和诗歌的国度，同时也是科学、哲学和艺术的国度。伊朗人爱诗到了无以复加的地步，有教养的人必读四大诗集：菲尔多西的《列王纪》、莫拉维的《玛斯纳维》、哈菲兹的抒情诗集与萨迪全集。伊朗是科学发展最快的国家之一。可以想象，伊朗若没有自己的哲学，如何创立摩尼教、琐罗亚斯德教（拜火教），如何在社会变革、纷扰战乱中依然自信坚强。伊朗的艺术华丽却又低调，朴实却又高雅。

来到伊朗，在各个城市间穿梭，乘坐飞机、巴士和出租车出行都是比较方便的，但是对硬件设施不能有过高的期望。中国早已停用的苏联客机，伊朗依然在使用，这里乘坐的火车还是绿皮火车，缓慢却有怀旧的味道。如果两个城市的距离不是特别远的话，巴士无疑是最佳的出行工具。

宗教禁忌事实上是你出行中最需要注意的地方，作为外国人，入乡随俗其实是最好的选择，伊朗人还是包容的，不必有很大的心理负担。但在这个国家不要轻易挑战禁忌，比如酒精饮料是绝对禁止的，女性着装也有着严格的规定，头巾、过膝长袖衫、长裤是必备的。男士相对自由度大些，但在公共场合必须穿长裤。对我来说，也许这正是伊朗的另外一种魅力，至于其他的禁忌，比如男女不能乘坐一个车厢，陌生男女不能在公共场合说话等，事实上在伊朗已经不复存在，因此大可不必过度紧张。总的来说，伊朗人对中国人还是非常友好的。

伊朗人说，人的行为要与美融为一体，视觉要美，说话要美，书写要美，画画要美，更为重要的是，灵魂要奏出美的旋律。在我的旅程中，所遇所见，正是这样的伊朗，从星罗棋布的清真寺到精美别致的手工编织地毯，从亘古流传的楔形文字到绚丽绝美的细密画，从保守的服饰穿着到纱巾下微笑的女子，从安宁静谧的生活到热情淳朴的民风，伊朗的"美"，体现在生命与生活中的每一处。

被两河流域和波斯文明滋养的伊朗与伊拉克，宛如"血管"一样纵横交错、相互交融。伊朗的建筑与艺术品，都展现着浓郁的波斯风情，透过这里的生活方式和习俗，可以感到弥漫着的伊斯兰教气息。此外，伊朗的城市和花园，也似乎永远都夹杂着玫瑰的香气。在文化气息浓郁的首都德黑兰，可以饱览波斯文化艺术的精华，在夜莺与玫瑰之城设拉子，可以阅读

第九章　旧国都

文艺伊朗，在沙漠绿洲伊斯法罕，更可以看到"伊斯法罕半天下"的故事。

　　伊朗的核心就是波斯，而波斯所坚守的文化底蕴，包括民族独立性、民族自豪感与民族自信心，在世界上是非常少有的。在伊朗，若说今天是阳历的几月几号，可能不是每个人都知道，但若说是波斯历几月几号，则人尽皆知。因为这里的人们坚信，传统就是这个国家和民族的精髓，他们认为，一个优秀的民族和国家，看的不是拥有多少的高楼大厦，也不是人们

德黑兰街景

漫步德黑兰，总能遇见安静闲雅的路人

穿得有多么花枝招展，而是要看其内在的东西，看其对于历史文明和文化艺术的传承与秉持，就像一棵树、像血脉，是一种流动、一种交融、一种生命。

这棵"生命树"永远在那里，一半在泥土里扎根，一半在风中飞扬生长；一半洒落阴凉，一半沐浴阳光，生命的苦难、风雨、考验虽然无可遁逃，但一旦长大，总会拥有一树金黄的璀璨，这就是生命的坚持，也是两河流域艺术文明的独特之处。

第九章　旧国都

万国之地

大约在公元前2000年，古印欧民族中的一支"雅利安人"出现在了西亚扎格罗斯山脉，他们战胜了当地的土著人，成为第一批在伊朗高原定居的部落，古希腊人将他们称为"波斯人"。

公元前6世纪，以阿契美尼德部落为首的波斯人，逐渐在西亚崛起，并建立了世界上第一个横跨欧亚非三大洲的庞大帝国，拥有东起印度、西到地中海、南至波斯湾，北到高加索近700万平方公里的广袤土地。统治者们拥有着无上的权力和雄心。

设拉子是伊朗古老的城市之一，公元前6世纪是波斯帝国的文化和政治中心，经过两小时车程，马蒂丝带着我们来到了波斯古城遗址波斯波利斯。平地拔起的一座石头堆积的城市，完整的排水系统，让人叹为观止。建筑的造型让人看到了古罗马、古希腊建筑的影子，精美的雕刻和壁画，仿佛又融入了古埃及的文化。

波斯波利斯是古波斯帝国的象征。这是古波斯在世界上留下的唯一的大型宫殿遗址，是伊朗首屈一指的世界文化遗产。当年，波斯国王大流士，为显示天下一统的国威而修建了这座宫殿。这里不仅是世界上最强大帝国的心脏,而且存储了巨大的财富。直到公元前330年,亚历山大攻占了这里,据说,他动用了整整10000头骡子和5000匹骆驼,才将所有的财宝运走,在疯狂的掠夺结束之后,亚历山大大手一挥,无情地将整个城市付之一炬。

这些残垣断壁,至今依然在诉说着那个古老王国曾经的辉煌。

波斯是一个靠武力征伐他国的帝国,而这个帝国的缔造者居鲁士,却以贤能和仁慈著称于世。公元前539年,居鲁士率兵征服了巴比伦,但他认为自己并不是一个征服者,而是一个把他们从暴政中解救出来的人。紧接着,他做了一件让所有人都始料未及的事情——释放了被囚禁在巴比伦的犹太人,犹太人携带着囚禁期间创作的《圣经·旧约》返回故乡,在耶路撒冷重建了耶和华圣殿与犹太教,居鲁士大帝也因此而被载入《圣经》。

波斯波利斯对于今天的伊朗人来说,就像中国人心目中的万里长城,代表了一种文化的不朽。我感觉伊朗人的气质里有一种尊严,因为他们拥有非常深厚的传统文化,并对这种传统抱有高度的自信,他们的尊严,正来自内心深处的民族自豪感。

波斯波利斯,是希腊人赋予的名字,"波利斯"的意思是"都市","波斯波利斯",也就是波斯之都,它的建造者是波斯帝国的大流士一世。为了纪念阿契美尼德王国历代的国王,大

第九章 旧国都

流士一世下令建造第二座都城，这座古城的伊朗名字是"塔赫特贾姆希德"，意即"贾姆希德御座"，在波斯神话的众神中，贾姆希德是王的名字。

整座宫殿最为宏伟的当数百柱大厅和中央大厅，百柱大厅为国王接见文武百官的地方，百根擎顶石柱气势恢宏。波斯波利斯通往中央大厅的阶梯侧方，有一面石墙，上有几组精美绝伦的浮雕，展现了索格底（粟特）、坎大哈、印度、埃及、希腊、小亚细亚、腓尼基、巴比伦、阿拉伯等23个国家或城邦的使臣向号称"全部大陆的君主"大流士一世进贡的情景。

从这些浮雕来看，不同国家的进贡队伍，穿着不同的服饰，带着不同的贡品，堪称上古时期西亚地区各民族衣着风俗和生活风貌的民俗博物馆。

浮雕凿刻的线条利落圆润，隐约还能看出残存的颜料痕迹，可惜岁月匆匆，如今已几乎不可见。附属国的使臣们，正向波斯的国王献宝列队，旁边的石墙，刻着楔形文字的碑文："我，大流士，伟大的王，众王之王，列国之王。"

看它的楔形文字，很单纯，很简洁，落笔的线条非常直接，也非常犀利，这是一种刀的精神，或者说，是一种刀法的力量。而这种力量会带来雄壮的观看体验，仿佛是兵马俑的一个列阵一样。

刻在石头上的并非只有楔形文字这一种语言，伊朗人一共用了三种文字去记载波斯帝国当年的辉煌，它一并记下了居鲁士大帝的丰功伟绩。波斯人吸取了印度河流域、两河流域和尼

波斯波利斯，繁华落尽，故地无声

罗河流域人类三大古文明发祥地的先进文化，一度成为世界文明的高峰。

波斯建筑继承了两河流域的传统，汲取了希腊、埃及等地区的建筑成就，又有所发展。在波斯波利斯城，能够看到西亚风格的基座平台，以大石柱构成的主殿，又与埃及神庙相似，而石柱的凹槽和螺旋状的设计，显然是受到了希腊建筑的影响，殿门两侧的石狮、殿墙、浮雕、屋顶琉璃瓦，则与亚述建筑相似。

在前往觐见大厅之前，需要从一道巨大的门中穿过，这道门名为"万国门"，门的两侧蹲守着一头人首翼牛，同样是借鉴了亚述的美学风格，而在诸多的细节之处，又能窥见古希腊

第九章　旧国都

的雕塑特点。国王觐见大厅，即"阿帕达那厅"，是这座古城保存最为完好的部分，36根石制大圆柱颇具特色，石柱约有20米高，柱顶雕饰着各种各样的动物，用以支撑巨大的横梁，显然，当年的设计师借鉴了埃及、希腊以及美索不达米亚等地的艺术风格，并由此融会贯通，形成了波斯自己的美学。

硝烟早已散去，后人只能从这些废墟之中，遥想当年波斯帝国的辉煌和雄心，浮雕的颜色已经褪尽，但刀刻的楔形文字依然留有锋芒，即使宫殿的群落已经荒芜。波斯波利斯，这座城市作为波斯帝国最伟大的象征，依然庄严地耸立在波斯平原上，守望着它的国土，它的人民。

波斯波利斯遗址的浮雕壁画

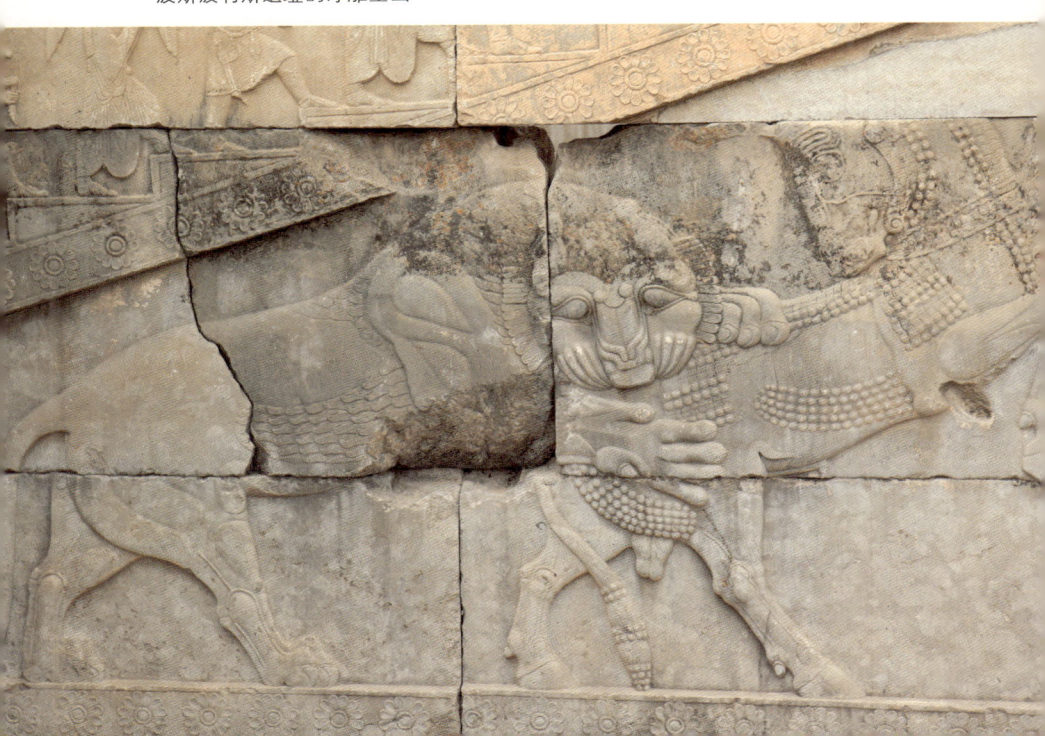

火焰的余烬

居鲁士，阿契美尼德帝国的建立者，自称祖先是神话中的阿契美尼斯王。公元前6世纪，居鲁士占领了巴比伦。公元前525年，埃及也并入波斯的版图，帝国继续向西扩张。公元前490年，雅典所领导的希腊城邦联军，成功抵御了波斯帝国的入侵。战争结束以后，一位士兵长途奔回雅典，传递胜利的捷报，说完，士兵便力竭，倒地而死，后人为了纪念他，便以战争发生的地点作为一项运动项目的名称——马拉松。

今天，马拉松已经成为一项时尚的运动。有人说，马拉松的流行，体现了生活品质与人生追求的提高。在中国，跑马拉松的活动也不止出现在赛场，城市的街道上，总是能看见长途奔跑的身影，从年幼的孩童到白发的老人，都愿意参与其中，"马拉松"，它不再代表战争的残酷，而是成为拼搏的象征。

希腊的胜利，让波斯将欧洲的东南部纳入疆域的雄心落空，在此后持续了半个世纪的希波战争中，波斯帝国始终未能征服那片梦寐以求的国土。相反，无休止的战争，成为阿契美尼德王朝由盛而衰的导火索。最终，在公元前330年，亚历山大所领导的马其顿帝国，赢得了最后的胜利，波斯波利斯沦陷，末代国王被部下杀害，阿契美尼德王朝——或称波斯第一

第九章 旧国都

帝国，正式宣告灭亡。

直到公元3世纪，自称是阿契美尼德帝国后裔的萨珊人，驱逐了此地的罗马人，建立起一个新的波斯帝国，而在400年后，公元632年，伊斯兰教的创立者穆罕默德逝世的这一年，帝国开始受到阿拉伯人的进攻，并最终因此灭亡。波斯，这个庞大的古代帝国，直至消亡的最后一刻，也没能赢过希腊人与罗马人，没能踏进他们念念不忘的地中海区域。而当阿拉伯人成为此地的主人以后，美索不达米亚平原的一切文化艺术，都开始走向伊斯兰化的道路。

波斯帝国的都城有四座，波斯波利斯、巴比伦、苏萨和埃克巴坦那。大流士一世在位期间，伊朗高原的原生宗教琐罗亚斯德教被定为国教，影响很广，甚至传入了中国，中国将琐罗亚斯德教称为拜火教或者祆教，将它的来处称为"大夏"。拜火教——顾名思义，波斯人曾将火奉若神灵，认为火焰是光明神的象征。只是，最终焚毁波斯波利斯的正是代表着神迹的滔天火光。

被称作"众王之王，列国之王"的大流士一世，觊觎爱琴海与地中海的土地，为此发动了旷日持久的远征希腊的战争，却在马拉松战役中铩羽而归。他的儿子薛西斯继承了父亲的野心，在公元前480年，再次远征希腊，波斯的精锐部队"不死军"与希腊城邦联军交战于温泉关，歼灭了扼守这里的斯巴达国王列奥尼达及其卫队的斯巴达守军，即"斯巴达三百勇士"，温泉关沦陷，波斯军队直取雅典城。

菩提与樱桃：从印度到波斯

在波斯波利斯的高台阶侧，除了万国来朝的浮雕，也有关于"不死军"的浮雕。"不死军"，有人译作"不朽者"，仅从名字上，就能想见这支军队可怕的战斗力。希腊联军被迫退守萨拉米海湾，于是双方展开了世界战争史上著名的萨拉米海战。尽管波斯海军的力量是希腊海军的数倍之多，仍没能扭转惨败的局面，有人说希腊此战的胜利，使其文明开始走向黄金

伊朗人对树特别珍爱，有时，马路的修建也会为了一棵树而改道

第九章　旧国都

时代，是人类的文明与历史中不可抹去的一笔，不过在当时，恼羞成怒的波斯军队，在退出雅典之前，放火焚烧了这座城市，著名的雅典神庙也难逃烈火的浩劫。

不知火光之中，波斯人可曾望见他们的神明。

150年后，波斯波利斯的火焰，彻夜燃烧不熄，这座帝国最伟大的城邦，最后几乎只剩下一片砾石，在荒原的疾风中静默。

当火焰从人间燃起的那一刻，就注定了在带来光明的同时，也会投下黑暗的影子。

本来，按照计划，我应该从印度直飞伊朗的，但我在印度生病了，持续高烧不退，只能被迫调整行程。回国调养了2个多月，我才终于踏上了伊朗的土地，在去往波斯波利斯的路上，伊朗高原的晚霞吸引了久病初愈的我，它温柔又热烈，变幻莫测，正像一团火焰，我不知为何被这样的景象吸引，停下了匆匆的脚步，久久伫立在河山之间，领略这片天地间的苍茫和宁静。

波斯波利斯在晚霞里，有一种沧桑的尘泥之色，繁华落尽，故地无声。

我想起中国的古诗，"不知何处吹芦管，一夜征人尽望乡"，这一刻的波斯波利斯，忽然令人忍不住怀乡，或许是因为它的残缺，以及从残缺中望见的绚烂，让我想起那个叫作"圆明园"的地方，人世间被战火所焚毁的，又何止是雅典和波斯。

杜牧在《阿房宫赋》里写道："楚人一炬，可怜焦土"，张养浩也在路过潼关时，忍不住感叹"宫阙万间都做了土。兴，百姓苦；亡，百姓苦"，蔓延的火焰和残酷的破坏，似乎是一场战争最值得夸耀的胜利，或许，只有时间是唯一公正的尺度，那些过去曾燃起的火焰，在世界各处都留有未尽的残骸，它们静静守在晚霞的余晖和旷野的长风里，等待着来者的探问。

波斯波利斯，它见证了文化艺术的交融，也记录了彼此攻伐的脚步，它见证了一个帝国的辉煌，也记录了战争留下的伤痕，每一个来到此地的人，都能找到它的意义。

而我仍站在晚霞里，直到融入静谧的夜色。

第十章　证道者

但愿有朝一日，
她能平安地来到；
多么幸福的时刻啊，
当她再向我道一声：「你好！」

——节选自《哈菲兹抒情诗全集·十三》

阿尔巴因节

我在伊朗的这段时间，正巧赶上这里的阿尔巴因节，这个节日是为了纪念什叶派伊玛目侯赛因殉难40日而设立的。纪念先知和伊玛目是伊朗人节日的重要内容，每逢这些节日，伊朗全国放假，人们会在清真寺、公共场所或者在家中准备节日大餐，上街施舍周围群众，包括游客。

每年的阿尔巴因节，这些穆斯林都会聚在一个大食堂里做大餐，他们都是来自各行各业的义工。我在这里认识了一位小义工，名字叫穆巴勒萨，他今年12岁。我之所以注意到他，是因为这个男孩总是一个人十分热情地奔走帮忙，他身边并没有父母相陪，行事之中，有着一种不属于这个年纪的成熟。

交谈之中，这里的人告诉我，穆巴勒萨的父母忙于生计，常年在外。每逢阿尔巴因节，妈妈去了伊拉克，爸爸留在伊朗，穆巴勒萨都会一个人来到这个大食堂，帮忙做饭。

我问他："过节还要帮忙干活，你开心吗？"

男孩立刻笑起来，他说自己从3岁的时候，就非常喜欢阿尔巴因节，"因为这是很重要的一天，我们要表达爱。"

"那么，要怎样表达爱呢？"

"我今天特地在饭中做了锅巴！"穆巴勒萨带着小小的骄

第十章　证道者

阿尔巴因节的小义工穆巴勒萨

傲，于是比画着，又向我重复了一遍，"把锅巴放在米饭里，哈哈！"

他的眼睛非常漂亮，像长夜里晶莹的星星。

结束了一天的忙碌，穆巴勒萨邀请我去他家做客，走过长长的林荫路，银白色的温柔月光正投下婆娑的树影，穆巴勒萨一边踩着满地的树影，一边向我介绍他为沿途这些树取的名字，"这棵是伙伴，这棵是勇敢，这棵是秋天，这棵是火焰……"千奇百怪的名字，寄托着男孩五光十色的愿望，尽管每棵树的形状都非常相似，但穆巴勒萨总有办法区分出每一棵，"这棵树的叶子最多，最茂密，我把它叫作'和平'，而这棵——我家门口的这棵，是所有的树里最高的，我把它叫作'巨人'，当然，人是长不了这么高的！"

穆巴勒萨的家门外种着一片玫瑰，夜风里摇曳生长，男孩慢慢停下了脚步，低头去看那片玫瑰，"这是我妈妈最喜欢的玫瑰花，如果它们今晚盛开的话，我一定会送你一朵。"

世间相逢，一往情深，每次擦肩也许都值得一朵玫瑰的馈赠，留它盛开于岁月，等待一声晨钟，或者等待一场月色。

穆巴勒萨家里的布置很简单，充满着伊斯兰的审美与风情，收音机在窗台静默，糖果盒在茶几等待，穆巴勒萨立刻走向糖果盒，小心翼翼地打开，表情有一些不好意思，但很快又笑得明亮无瑕，"没想到只剩下两块糖果了，但幸好还剩下两块，我可以用它来招待你。"

在分享糖果的时间里，穆巴勒萨告诉我，今天早上他听广播里的新闻说，无论在伊拉克，还是在伊朗，每年参与阿尔巴因节的人数都有上千万，瞻仰需要徒步走完几十公里的路，在沿途可以享受免费的午餐和住宿，这是世界上参与人数最多的和平集会之一。他不知道现在母亲具体在伊拉克的什么地方，只知道同样的悼念活动在伊拉克的卡尔巴拉进行。穆巴勒萨说他家邻居今天要出发去伊拉克的卡尔巴拉瞻仰伊玛目侯赛因陵，他把妈妈的照片给了邻居，请他一路留意他的妈妈。

说话间，远处传来一阵类似雷鸣的声音，但我和穆巴勒萨都知道，那并不是雷鸣，而是战火。这里距离伊朗与伊拉克的国境线非常近，而我原定去伊拉克拍摄的行程计划，也因为政局的不稳定而被迫取消。穆巴勒萨望向窗外，随着他的目光，我看见窗边的照片，是一家三口的合照，一半沐浴在月光中，

第十章　证道者

一半浸没在阴影里，显得动荡而脆弱。

穆巴勒萨向我分享了他的日记，我意识到，在他明亮的外表下，其实藏着无处可说的孤独。大千红尘，茫茫人海，每个生命都在经历各自的暖春和寒冬，而我只是路过，也只能路过，一切终究都要交还给时间。

> 天晴，屋外的玫瑰开了，妈妈还没有回来。希望她平安，希望没有战争。
> 下雨了，玫瑰凋落，但是树还在。希望妈妈平安，希望没有战争。
> 阿尔巴因节又到了，希望所有人都相爱，希望妈妈回家，希望没有战争。

在我阅读日记的时候，远处依然轰隆作响，穆巴勒萨闭上眼，开始沉默地祈祷。也许在他的内心，此刻也酝酿着一场无声的惊雷，命运缥缈无常，一切因果难测，可是每个人都要奋力握住那份永恒的眷恋。

礼拜结束，穆巴勒萨看向我，明亮的眼睛里，仿佛也蒙上了一层易碎的晶莹，"妈妈一定会回来的，对吧？"

"当然，"我压抑住内心的情绪，尽量表现出轻松的样子，"她一定会回来。"

夜色越来越深，我不得不离去，穆巴勒萨一直送我到门口，我走了很远，回首的时候，男孩依然站在原地，月亮已经升到了高处,他的影子和身边的树影融在一起,我认出那棵最高的树,那棵被他命名为"巨人"的树。

当他明天打开日记本的时候,他会看到我悄悄写下的那句话。

"不要输给风和雨,希望你像树一样长大。"

河流横亘其中

"战争,让我们一家都很愁眉苦脸。"

穆巴勒萨对我说起他的故事,这是他开头的第一句。

战争的阴影,似乎一直都笼罩在这片古老的土地上。伊朗的东方,连接着印度与中国,在它的西方,连接着希腊与罗马,这仿佛是上天的馈赠,一个得天独厚的地理位置,从遥远的古代起,东西方的文明就在这里交融碰撞,从而产生了独具特色的波斯文化,并向世界传递着它举足轻重的影响力。只是,一切的馈赠都附有其代价,当战火燃起,伊朗,注定会成为兵家必争之地。在人类的历史进程中,有几次规模相当浩大的战争,亚历山大的东征,阿拉伯半岛的扩张,突厥的西进,以及蒙古骑兵横扫的铁蹄,在这些旷日持久、血流成河的战争中,伊朗都无可避免地被卷入漩涡。在残酷的风刀霜剑之下,这个国度始终沉默而顽强地生存着,波斯文明在飘摇的岁月里，依然未曾中断，即便整个民族的信仰，已从琐罗亚斯德教，变成伊斯兰教，波斯的文明仍然拔节茁壮，璀璨如新。

像长夜的星，守望无终。

"我的妈妈是伊拉克人，我的爸爸是伊朗人，但我们是一家人。"穆巴勒萨说。

伊朗和伊拉克，以阿拉伯河为界限，同根异叶，渊源密切，然而它们之间却也矛盾重重。1980年，两国发生了长达八年的边境之战，其实，早在战争爆发之前，双方就已积怨日久，伊朗以波斯人为主，而伊拉克以阿拉伯人为主，波斯与阿拉伯，在历史上早已发生过无数过节，另外，从宗教信仰上看，虽然两国的民众大多是什叶派教徒，但伊拉克的执政者却是人口占少数的逊尼派，执政派别的对立，加剧了两国紧张的关系。

底格里斯河和幼发拉底河，是人类古老文明的发源地，这两条河在下游合流后，就形成了阿拉伯河。作为重要石油输出国的伊拉克，由于有着非常好的地理位置，出海口主要靠阿拉伯河。为争夺这条河的主权，伊朗和伊拉克爆发了两伊战争。

1980年9月22日，为了谋求波斯湾地区的霸权，伊拉克全面进攻伊朗，陆地、海上、空中，到处都是纷飞的战火。战争持续了近两年，伊朗由防御转为反攻。1982年6月29日，伊拉克的军队被迫全部撤出伊朗，放弃了对阿拉伯河的争夺。

1982年7月13日，伊朗反攻，占领了伊拉克的部分国土，军队深入北境，直逼巴格达，美国与苏联为了给油轮护航，各自派遣军舰前来，战争事态进一步升级。

后来经由联合国的调停，1987年7月20日，安理会一致通过了第598号决议，要求两伊双方立即停火，但是两国成见日深，皆不愿意就此罢手。1988年，双方开始动用导弹，袭击对方的城镇，伊拉克占据上风，重新夺回了被伊朗占领的土地。

长久战争所带来的巨大消耗，终于让两国不堪重负，1988年8月20日，两国正式休战。这是一场没有结果的战争，没有发生任何领土的变更，更没有所谓的胜利的一方，一切似乎和战争开始前一样，除了两国多了死伤逾百万的民众。

八年战争的炮火枪鸣，究竟淹没了多少家庭的欢声笑语，这不是数字可以统计的。

穆巴勒萨说，当初他的妈妈不顾一切，渡过了这条阿拉伯河，离开了她在伊拉克的家，为了爱情选择嫁入伊朗。但是，终究血缘是割不断的，河的一边，是她的丈夫与孩子，另一边，则是她的父母与兄长。所以，他经常能看到妈妈呆坐着，什么也不说，只是无奈地叹气。

"妈妈是爱着她的故乡的，没有人能放下对故乡的思念。"

战争永不可能抹平隔阂与裂痕，只会带来鲜血淋漓的伤口，在时代的洪流中，每一个普通的生命，都如此脆弱无定，像被狂风裹挟下的尘埃，并不显眼，只是灰茫茫的一片，然而，倘若失去这些微小的存在，那些赖以立足的土地，也将不复存在。

两伊战争虽然已经平息，但战火带来的余波却依然存在，穆巴勒萨的妈妈在家中时，总会听见边境传来的炮火枪鸣，那些声音意味着，她的家乡，仍然有人死去。

"要不要渡过阿拉伯河，这让妈妈一直很为难。"

阿拉伯河，就像是中国象棋棋盘上的那道楚河汉界，红方与黑方隔河相望，剑拔弩张，过河的棋子都必须小心谨慎，寻常兵卒，越过那条线，就只能是永不回头。

穆巴勒萨悄悄地对我说，"如果那条河不存在就好了。"

我说不出话，只能沉默着点头。

香如故

我曾问穆巴勒萨，他是怎样想到来到这里当义工的，男孩向我解释，因为他的妈妈是伊拉克人，去过卡尔巴拉——也就是伊玛目侯赛因的故去之地。有时，他的妈妈会前往瞻仰，而他的爸爸要去上班，留他一个人在家里。等到母亲回来，就会给他讲侯赛因的生平故事。

"妈妈说，侯赛因最重要的品质是勇敢。"

曾经，母亲的出门会让他非常担心，而父亲则担心他一个人太过无聊，就询问他是否愿意去大食堂帮忙做饭，从此以后，每逢阿尔巴因节，穆巴勒萨都会来到这里。公益餐所需的食物量非常可观，穆巴勒萨一大早就赶来，一直忙到深夜12点才能收工。

一个年纪尚小的孩子，能够扛下如此繁重的工作，是很让人惊讶的。

"我不会累的。"面对我的关切，穆巴勒萨仍然笑眯眯地回答着，"因为侯赛因会给我力量，虽然我老是流汗，但就是侯赛因给我的力量，支持我来做饭给大家吃。"

"勇敢是很重要的。"他补充道。

穆巴勒萨告诉我，他的妈妈，再次渡过了阿拉伯河。

2003年，美国指控伊拉克藏有大规模杀伤性武器，宣布对伊拉克实施军事打击，发动了伊拉克战争，这场战争又整整持续了8年，直到2011年12月18日，美军才全部撤出伊拉克，但是和平并没有到来。

美国撤军以后，伊拉克国内形成了一股股反叛武装力量，极端的宗教徒建立了恐怖组织，并与伊拉克政府发生激烈战争。战火波及了伊拉克北部与中部的大部分地区，首都巴格达也受到威胁，很多文明遗迹被破坏，数百万人流离失所。

穆巴勒萨说，有时候，远远传来邻国的爆炸声，这牵动着他们一家人的心，伊朗是他们的家，但伊拉克也有他们的亲人在那里——事实上，两国的通婚非常普遍，穆巴勒萨一家的命运，也是很多同样家庭的命运。上个月，河的对岸传来不幸的消息，穆巴勒萨的舅舅在巴格达的爆炸中丧生。

穆巴勒萨的妈妈已经离开故乡伊拉克20余年，过河时，兄长尚且是意气风发的少年，谁都未曾料到，只此一别，就是此

男孩眼中的离别，也许只是母亲远行的一次背影

生最后一面。

在伊朗，妻子如果要远游，需要征得丈夫的同意，当兄长的死讯传来时，穆巴勒萨的妈妈提出了重返故乡的想法，一家人都明白，踏上战火纷飞的伊拉克土地，将意味着什么。

"但是妈妈要去见她的哥哥，她只是想去见她的哥哥。"

穆巴勒萨和父亲无法拒绝这样完全合乎情理的要求，所以，他的妈妈只身渡过了阿拉伯河，似乎和很多年前过来时一样。可惜世道苍茫，早已物是人非。因为战乱，两国之间的通讯几乎被切断，所以穆巴勒萨无法获知母亲的任何消息。

他与母亲失联了。

菩提与樱桃：从印度到波斯

一个多月过去了，穆巴勒萨仍然在杳无音信的等待中，他不知道母亲什么时候会回来，也不知道他在伊拉克的那些亲人，是否安然无恙地活着。他时常向着国境的方向眺望，然而回应他的，只有无休无止的炮火声。

生命无常，但是人有常情。

这个年幼的孩子，在战争的阴影里长大，心里埋藏着太多的恐惧、不安和担忧，但是，我从他明澈的眼睛里，竟看不到一丝阴霾和消沉。

"真主安拉会给我力量，会给我勇气，会给我智慧，所

义工们正为前来礼拜者分发盒饭

第十章　证道者

以，"穆巴勒萨像是对我说，也像是对自己说，"不要怕。"

为阿尔巴因节奔走的时候，穆巴勒萨总能获得内心的平静。战争与分离，教会他明白爱的重要，"我像爱着妈妈一样，爱这些人，爱这个世界，这样，我会觉得妈妈在我身边。"

我听到他的话，几乎落下泪来。

第一次见面的时候，穆巴勒萨那双漂亮的眼睛，就给我留下了深刻的印象，这并非仅仅是因为深陷的眼窝和浓密的睫毛，而是因为他的眼睛永远那么明亮——它不是孩童不谙世事的烂漫，而是勇敢坚定所带来的温柔。

这样的眼睛，在这个年龄的孩子身上是很少见的。

这不禁让人想到伊拉克的内战，想到大国的中东战略，以及伊朗、伊拉克所拥有的，足以撼动全球能源市场的石油储量，只觉前景难明，路途艰险，不知道穆巴勒萨是否理解自己家乡的处境，以及将来可能的命运。伊朗的诗人哈菲兹曾写道，"就是你这明眸的诱惑，一百次给世界带来动乱"，这句诗歌似乎与伊朗的命运不谋而合，怀璧其罪，战火难熄。

"战争会带来恐惧，"男孩平静地陈述着，"但我不会向恐惧妥协的。"

中国的古语里说，"宝剑锋从磨砺出，梅花香自苦寒来"，此刻我看到这句话背后隐藏的残酷，也看到这句话的希望，我面前的这个正在读小学六年级的男孩，他正是这个国家的未来。

只要他永远生有这样明亮的眼睛，就不会在战争中沉沦，只要这片土地依然留存"勇敢"的纪念，战争就只能夺取生命的躯壳，却无法夺走那些向阳而生的灵魂。

今年的阿尔巴因节，穆巴勒萨向真主安拉许下他的愿望。男孩的表情依然非常平静，在那种平静下，我看到其中暗涌的力量。

"希望妈妈早点跨过阿拉伯河，平安地回到伊朗。"

我和穆巴勒萨分别后，走在伊朗的街道上，看见路边的占卜商人——伊朗人热爱哈菲兹的诗，甚至用他的诗歌来占卜，这里的人们，永远以一种自由、明晰，更充满爱和喜悦的方式，生活在这个古老文明的国度里。那一刻，我被一种莫名的力量驱使，走向那个占卜商人，在厚厚的一叠诗歌中，抽出属于我的那张纸条。

纸上，温柔的字体书写着哈菲兹的诗歌，只有一句话。

"因为我们命运相连，因为我们息息相通。"

第十一章 故乡事

你眼前脚下的泥土,
是涂抹我的双眉的画笔。
请告诉我,
我该去何处,
我怎能离开这眷恋之地?

——节选自《哈菲兹抒情诗全集·二》

神赐的都城

像每个生命体一样,人类文明从诞生到成熟需要经历一个十分漫长的过程,我们称之为历史。"以史为鉴,可以知兴替",透过远古文明,反思当今社会,那些让我们百思不得其解的各种问题,古老的智者早就写好了答案。

水是生命之源,历史上,文明的发祥总是和河流密切相关。幼发拉底河和底格里斯河就像两条生命之藤,伸展在荒凉和干旱的沙漠地区,在今天的伊拉克一带,哺育了肥沃的美索不达米亚平原,孕育了人类历史上最古老的两河流域文明,也就是人们常说的"古巴比伦文明"。不过,作为西亚地区最早的文明,两河流域文明实际是由巴比伦、亚述、苏美尔等众多文明共同组成的。

两河流域是世界上文明起源最早的地区,这里的先民们发明了世界上第一种文字——楔形文字,建造了第一座城市,制定了第一部法律,发明了第一个制陶器的陶轮,制定了第一个七天的周期,第一个阐述了创造世界和大洪水的神话,为世界留下了大量的远古文献。

这其中,最为人熟知的就是古巴比伦王国,而古巴比伦王国的疆域大致在当今的伊拉克共和国的版图内。古巴比伦王

第十一章 故乡事

国,与古埃及、古印度与中国并称为世界四大文明古国,在数学、星象、建筑艺术等方面都有着不俗的成就,公元前18世纪,古巴比伦王国在汉谟拉比的带领下,统一了整个两河流域,并颁布了《汉谟拉比法典》,这部法典是世界上现存的第一部较为完备的成文法典,对后世的法律修订都产生了深远的影响,在法典的序言中,曾这样写道:"要让正义之光照耀大地,消灭一切罪与恶,使强者不能压迫弱者。"

公元前1163年,埃兰人攻陷巴比伦,《汉谟拉比法典》石柱作为战利品被掠走,随后,埃兰王国又被波斯消灭,于是《汉谟拉比法典》又落入波斯人的囊中。

在伊拉克首都巴格达以南,约90公里的希拉市附近的幼发拉底河河畔,散布着古巴比伦城的遗址。从公元前19世纪到公元前6世纪,巴比伦一直是西亚地区最繁华、最壮观的都市,特别是在新巴比伦王国尼布甲尼撒二世在位期间,新巴比伦城进入鼎盛时期。

据史书记载,尼布甲尼撒二世扩建的新巴比伦城,整体呈正方形,外面有护城河和高大的城墙,主墙每隔44米就有一座塔楼,整座城市分布着300多座塔楼,100个青铜大门。巴比伦城以两道围墙围绕,外墙以外,还有一道注满了水的壕沟及一道土堤,城内的主干道中央以白色及玫瑰色的石板铺成,整座城有8个城门,其中的北门就是著名的伊什塔尔门,外面用青色琉璃砖装饰,砖上有许多公牛和神话中的怪物等浮雕。幼发拉底河自北向南穿过城区,上有石墩架设的桥梁,两边有道路和码头,其恢宏壮阔由此可见一斑,充分显示了古代两河流域的高超建筑水平。100多年后,被称为"历史之父"的希腊历史学家希罗多德来到巴比伦城时,仍称它为世界上最壮丽的城市。

城内的主要建筑是埃萨吉纳大庙以及所属的埃特梅兰基塔庙,上有7层,每层以不同色彩的釉砖砌成。在传说中,这就是《圣经·旧约》故事里所讲的那座通天的巴别塔,因为古巴比伦人这种睥睨万物、企图登天的妄念,激怒了耶和华,于是,人类的语言开始变得混乱,通天塔不仅半途而废,而且成为遭到上帝诅咒的人类欲望的原罪象征。

巴比伦的"空中花园",被誉为古代世界七大奇迹之一。新巴比伦王国国王尼布甲尼撒二世在位时,主持建造了这座名园。根据传说,他娶了波斯国公主赛米拉米斯为妃,公主思念花木繁茂的故土,终日郁郁寡欢,国王因此下令在都城巴比伦兴建了高达25米的花园。花园为四角锥体,由沥青及砖块建造而成,以拱顶石柱支撑着,采用立体叠园的手法,在每层都遍植奇花异草,并埋设了灌溉用水的设施,从远处望去,此园如悬空中,宛如人间仙境,故又称"空中花园"。

1978年,伊拉克政府制订并实施了一项修建巴比伦遗址的计划,在遗址上仿建了部分城墙和建筑,在城内修建了博物馆,陈列出土的巴比伦文物,还复制了一块《汉谟拉比法典》的石柱。与此同时,伊拉克政府还在巴比伦遗址和巴格达市内仿古重建了宁马克神庙与空中花园。

第十一章 故乡事

巴格达是波斯语，意思是"神的馈赠"，公元8世纪，巴格达成为阿拉伯帝国的首都，名为"迈迪纳·萨拉姆"——和平之城。巴格达的面积曾经位列世界第二，仅次于汉朝的长安。

然而在历史的峥嵘岁月中，这座城市多灾多难，土耳其人和波斯人竞相占领，两番受到蒙古铁蹄的洗劫，1917年又被英国殖民者占领。直到现在，这座城市依然处在战争的阴影里。

星期五清真寺是伊朗现存最古老的清真寺，千年沧桑岁月留下的遗珠

过去的伟大荣光随风而逝，我们只能通过这些断壁残垣，想象它昔日的历史与辉煌。

2019年，因为疫情与政治的双重因素，伊拉克国家博物馆开始闭馆。直到2022年，才终于重新开放。只是在战争期间丢失的那15000件文物，只追回了三分之一。

自古至今，两河流域都处于动荡中，从最古老的居民苏美尔人算起，几千年过去了，战乱从未停息，动荡从未停止。也许，我们在这个充满传统与现代不断发生冲突的世界里，最终会听到波斯伟大诗人鲁达基从历史深处向后人提出的忠告："请你用智慧的眼睛来看世界，跟以往不一样的眼光，世界是一片海洋。想横渡吗？那就造一艘善行之船起航。"

标本振翅而飞

伊朗的城市十分亮丽，首都德黑兰在波斯语中意为"洁净之城"，大街小巷到处插满了五颜六色的旗帜，伊朗人喜欢选用颜色鲜艳的砖块作为房屋的外墙，在明媚阳光的照耀下凸显出强烈的立体感，而且在平常的生活中，他们酷爱种花、养花和赏花，城市里到处鸟语花香。许多生活较为富裕的家庭，都会在自家门前辟出一块园地，种上各式各样的花卉，因此这座城市便成了名副其实的大花园。

第十一章 故乡事

在这座自由而美丽的城市里,坐落着伊朗国家博物馆,数十万件文物,数千年历史,都浓缩在这一方天地里。我赶过去的时候,正是周一,本是闭馆的时间,四下空旷无人,只有那些古物隔着千百年的时空与我沉默相对。

伊朗国家博物馆和中国的博物馆颇有一些区别,在中国,每件展品都要经过仔细挑选,贵精而不贵多,人们前往参观,都要隔着厚厚的一层玻璃,看展品陈列在台上窗中,别有一种寂寞冷清的气质。而在伊朗,除了少数极为珍贵的展品会被放在橱窗中格外保护以外,大多数的展品,都只用一条普通的线绳相隔,只需要伸手,就能真切触碰到那些遥远的古物。

这种宽松的展出方式,使博物馆不再具有高深学术的氛围,仿佛置身于莽莽的荒原,一次伸手,或是一次回眸,千百年的岁月,就会迎面而来,野性热烈、质朴直白,就算是初来乍到,也感觉不到半点陌生。

博物馆的入口,以深红色的砖石砌成一道拱形门,这是典型的波斯萨珊王朝的艺术风格。进入其中,又分为东楼和南楼,东楼为伊斯兰时期的博物馆,南楼则是古伊朗的博物馆。在古伊朗的博物馆中,有相当多的史前文物,石器、陶器、铁器、金属,展现着先民们石器时代与铁器时代的精神信仰与生活风貌。文物古朴的纹样与岁月的沁色,让我想起家乡的良渚博物院,它同样也昭示着一个民族的文明曙光。

沿着北纬30度线,无论是良渚、三星堆、布达拉宫,还是瓦拉纳西、德黑兰、巴格达,都各自埋藏着民族生命的根脉,这些千百年以来人类文化传承的根脉。

走进伊朗国家博物馆,我的心跳就开始加速,这个博物馆是法国人在20世纪30年代建造的,整体环境比较老旧,但是里面的藏品件件都是重量级的,密密麻麻地排列着,让人肃然起敬。里面的彩陶有点像中国仰韶时期的风格,但却是伊朗5000年前的旧物,凑近仔细观看,清晰的纹路、细腻的制坯、生动的花纹……整整一个上午,我都没能止住自己剧烈的心跳。

这一刻,面对如此众多的,毫不设防的文物,我感到其中奔腾的暗流。

无论它们被安放在何种特定的文明语境中,无论如何解释,无一例外,它们都会指向人类对自然的依恋、生命的渴望和精神的寄托,这是一个民族信仰的根本。有些人认为曾经的辉煌已与现在无关,甚至已经开始忘却自己的文化,但是此时此地,我重新明白我的土地意味着什么,明白它的古老家业前世今生的脉络,并且意识到自己与它们之间无法替换的血缘。

或许,在强大的古代人类文明面前,我们对自身精神和才能的认知才会被猛然激活。

在当下这个浮躁的时代里,精神的远景不再是精英的奢侈品,而是直接关系到我们的生存环境和生活质量。一个民族对于人类生命的理解,一个民族对于生命价值追寻的崇高精神依恋,仍然是人们在今天社会文化发展中必须的能量,这种能量无法用任何其他领域的东西替代,它就是文明的力量。

贝希斯敦摩崖石刻，使用的是一种楔形文字，我在博物馆内看见了它的复制品。石刻本身高7.8米，宽22米。下半部是一个浮雕，上半部是用古波斯语、埃兰语和阿卡德语三种楔形文字写成的铭文。古波斯的楔形文字并非历史形成的文字，而是纯粹的人造文字，而且使用范围有限，认识者极少。因此在用它发布诏令时，就必须使用当时通用的埃兰文和阿拉美亚文译出。贝希斯敦摩崖石刻，记载的正是大流士的丰功伟绩，其中充满了溢美之词。

另一个赫赫有名的楔形文字复制品，是古巴比伦的《汉谟拉比法典》。1901年，一支由法国人和伊朗人组成的考古队，在伊朗西南部的古城苏撒，挖掘出一块黑色的玄武石，几天之后，又发现了两块，他们将三块石头拼合在一起，正好是一个椭圆形的石柱，上面的文字经过破译，最终确定是《汉谟拉比法典》。如今，法典的原件保存在法国巴黎的卢浮宫。

从17世纪开始，探险家们就在两河流域发现了这种奇怪的文字，它的笔画形状像是钉子，也像是打尖用的木楔，只是这种文字早已失传，无人能够辨认。1835年，英国学者罗林森发现了贝希斯敦摩崖石刻，12年后，他破译了其中的古波斯文，并与楔形文字对照，终于读通了这种语言。

于是两河流域的过去，不再是无解的乱码，经过学者的破解，我们得以看见一个文明的创生与式微。

楔形文字最初是象形文字，随后抽象化成为表意文字，笔锋直来直去，十分凌厉。它让我想起中国的甲骨文，同样是象形文字，相比之下，甲骨文显得端方中正，四平八稳。不过中国的文字，没有在战争的蹂躏和朝代的更迭中消亡，而是代代演变，永续不绝，如果让现在的中国人去阅读古代中国的繁体文字，是不会感到陌生、手足无措的。

世界四大文明古国，古埃及、古印度、古巴比伦、中国，只有中国是"中国"，而不是"古中国"。在人类所有的原生文明中，只有中国的文明历经万古而不死，当孩子们启蒙读书，跟随老师一笔一画写下汉字的时候，他们还不会意识到，这些字究竟有着怎样的分量。

在伊朗国家博物馆中，楔形文字几乎随处可见，但是没有翻译，就算是本地人也不能读懂。我长久徘徊其中，有时停下

伊斯法罕四十柱宫，萨法维王朝君主阿巴斯的宫殿

第十一章　故乡事

做笔记，低下头，我看见了自己的字。

我在凝望那些符号，而那些符号也在凝望我。

幸好，它们不是博物馆中的标本。

回　响

18世纪的波斯，由赞德部落书写，他们是胜利者，也是赞德王朝的建立者。在将整个波斯收入囊中的扩张道路上，他们击败恺加部落。不过是其中一次平平无奇的胜利而已，这场胜利不值得大书特书，而至于战败一方所需付出的残酷代价，更是可以一笔带过。恺加部落酋长的儿子阿迦被拘禁在王朝的首都设拉子，度过了15年的漫长岁月，而这样的漫长，放在历史的尺度上，却又短如一瞬。

15年后，阿迦逃亡回乡，并向赞德王朝举起了叛旗，通过极其血腥和残忍的战争方式，在1796年终于统一了波斯，建立起属于自己的新的王朝——恺加王朝，或称卡扎尔王朝。

在这个由中世纪过渡到近代的特殊时期，波斯也无可避免地走向衰弱。19世纪初，西方列强开始了对这片土地的争夺，波斯沦为英国和俄国的半殖民地，并被迫与西方诸国签订了一系列不平等条约。

也是在这个时期，英国与波斯三次交手。最终，阿富汗独立成国，从此脱离波斯的版图。

1921年，礼萨·汗推翻了恺加王朝，并于1925年，建立了巴列维王朝。

德黑兰是恺加王朝的首都，1865年，这个风雨飘摇的王朝兴建了一个庞大奢华的王宫建筑群——古列斯坦王宫。"古列斯坦"是"Golestan"波斯语的音译，"Golestan Palace"的意思是"花之宫殿"。

皇宫的入口也的确就在一个种满玫瑰的花园之后。"玫瑰花园""玫瑰宫"都是古列斯坦王宫的别称，如今，它已是德黑兰最古老的遗迹之一。当年的王朝虽然早已覆灭，但是那份萦绕在城市上空的玫瑰花香，直到今日也不曾消散。

古列斯坦王宫的建筑艺术，一方面具有浓厚的伊斯兰风格与传统的波斯风格，另一方面，由于遭受西方文明的强势介入，同时也吸收了一些西方的审美元素。东西文化的交融，成就了这一杰出的艺术，直到巴列维王朝，统治者依然选择在这里举行加冕、接待外宾、开设宴会。

进入王宫的主楼，有一座22级台阶的楼梯，二楼的柱基铺设了艳丽的瓷砖，上面记录着波斯国王的加冕、狩猎等仪式的场景，也绘有许多宗教传说故事，砖面上的部分动物形象，甚至能从波斯波利斯找到渊源。

古列斯坦王宫最让人叹为观止的地方，在于它的建筑表面是由很多小块的玻璃拼贴而成，每一片只有指甲大小，置身在这个广阔的建筑群落中，举目都是绚烂反射的光芒，富丽堂

第十一章 故乡事

皇,世间无双。明镜殿,是主楼中最小却又最耀眼的一个房间,墙壁几乎都是用各式各样的镜面拼接而成,映照着房中的辉煌陈设,光华万丈,光彩夺目。

这座建筑承载了波斯最后的辉煌,也似乎暗示着波斯的命运,在近代西方的侵袭下,古列斯坦王宫呈现出一种极致却碎裂的美。远看时,波光粼粼,走近时,才能看清那一片一片细碎的琉璃,精美,似乎也透出一丝孤绝。

颜色艳艳,清冷凛凛。

上一次感受到这种冲击,还是在西藏,在苍茫皎洁的雪山之下,正飘扬着五彩的风马旗和经幡,人们拜伏在山脚下,转山转经,吟唱着关于生命的赞歌。艺术的旅程,其实也是心灵的叩问,心是一切经验的基础,它创造了快乐,也创造了痛苦,创造了生,也创造了死。心性是心的本性,也就是心最内在的体悟,它是永远不受外界影响的。

古列斯坦王宫,是中世纪波斯最后的余响。只要来到这里,就会立刻领悟波斯的灵魂和风骨,心性成就了艺术,而艺术的存在,又使文明不朽。

惊世的艺术作品之所以动人心魄,只因为它们是以信仰为支撑,不断与自己生命深度对话的结晶。神话传说、宗教信仰是古人类为面对未知的自然世界而凝铸的精神依托,人类先祖以艺术为入口,追溯着相连的血脉,寻求祖辈生命的起源,并创造对生命和未来的寄托,斗转星移,回响不绝。

用生命作为能量,用艺术点亮迷途,只有这样才能触及个体生命的心灵，展开生命对生存的守望。在伊朗，或者说在波斯，总是能够强烈地体会到，艺术正作为一种生存方式，打开人与生命的通道，它在大地与苍穹之间飘荡摇曳，天地因此而连成了一体。

第十二章 为心声

> 黎明时分,
> 我曾向命运呼唤,
> 让它赐给我一个夜晚,
> 以便我向你细细讲述,
> 我所经历的长夜漫漫。
> ——《哈菲兹抒情诗全集·三零四》

菩提与樱桃：从印度到波斯

君子不器

在德黑兰，巴扬尼先生的音乐课颇有名气，他的学生都是传统音乐的爱好者，其中以女学生居多，这些女学生们追随老师巴扬尼已经多年，她们正努力学习伊朗传统的民间音乐、艺术与诗歌。巴扬尼的学生年龄各异，有着不同的职业，无论是文学讲座，还是音乐课堂，学生们总是孜孜不倦地追随着自己的老师。

15年前，巴扬尼中断了自己的旅欧生涯，选择回到德黑兰，开设课程，传授波斯文化。

"传承我的祖国的文化，是我唯一的梦想。"

在巴扬尼的音乐课上，我见到了伊朗最具代表性的乐器，"Setar"——西塔尔琴，这种乐器早在公元3世纪至7世纪的萨珊王朝就开始流行于古波斯宫廷，而在中国悠久的汉画像砖墓中，已能寻到波斯西塔尔琴的绘像。西塔尔琴，没有乐谱，传承主要是依靠老师的口传教学，以及师生之间的心领神会。

巴扬尼告诉我："我们的教学方法是口口相传，日积月累，这种自然的传授方式，是一种活体文化的传承。我的这种教学方式和孔子的教学方式相近。"

第十二章　为心声

学习音乐的过程非常漫长，通常要花费四年的时间，才能学会其中的第一乐章。在音乐课堂学习时间最长的学生，已经学了有15年了。这些学生可谓巴扬尼的铁杆粉丝，不仅是音乐，巴扬尼的哲学讲座她们也一并追随。事实上，与其说她们是在学习，不如说是在领悟和获得先贤的思想。

玛利亚是巴扬尼的学生，也是一位教授文学课的老师，对她而言，音乐是生活的一部分，正如文学是生活的一部分，"这样的音乐会让我的心灵安静下来，它教会我更好地生活。"

在如今声色浮华的时代里，愿意为了一方净土而回到传统的人并不多。传统的东西似乎是过时了，只有被束之高阁的宿命，但是在伊朗，这些年轻的女孩子愿意用数十年如一日的学习，去追寻自己民族的根脉。

"音乐让我的灵魂与真主更加接近，也能与我的理想走得更近。"玛利亚说。

巴扬尼的学生们，她们所学的专业与音乐大多没有必然的联系，理工科出身的也并不少见，女孩可以一边学习工业设计，一边学习绘画与音乐。有一个名叫阿藻的学生告诉我，在她看来，无论是美术、音乐，还是文学，归根结底只是一个媒介，一个手段，它们的最终目的，是为了接近真主。

对阿藻而言，音乐的"平衡"是非常重要的，如果老师的弹奏与自己的弹奏不一样，就是一种不平衡的状态，为此，她必须努力找出自己的错误，直至掌握那种和老师一模一样的弹法为止。

音乐课上，巴扬尼正在指导学生弹奏西塔尔琴

"音乐就像生活一样，生活里我会有一些缺点，我必须找到一种平衡，将自己的缺点去掉，这样，我才能成为一个很干净的人。"

巴扬尼在上课前，总会先朗读哈菲兹的诗，据他所言，随便挑选一个伊朗人，都会背诵哈菲兹的诗，"哈菲兹在民众当中影响很深，他的诗歌能唤起民众的思考。我们做任何事都要有一个思考的空间，这个空间对我们很重要，所以我们每次上课前也都会读哈菲兹的诗歌。"

在伊朗人看来，诗人是伊朗的"心灵导师"，是伊朗人民的精神力量。伊朗人爱诗，经常组织诗会，诗会既是民俗，也是生活。大到宗教仪式，小到家庭聚会，他们以一种自由、明

在伊朗，很多女性选择在周末学习音乐、诗歌、书法

晰、更充满爱和喜悦的方式在这个有着古老文明的国度里生活，巴扬尼说："文化是在历史的长河中积淀而成的。在我的心目中，波斯文化很神秘，而且它对其他国家也产生了很大的影响。我们的先贤和哲人为世界创造了巨大的精神财富，我们应该把它继承下去。"

巴扬尼的课堂内容是综合性的，并没有什么固定的教程，学生们可以学习绘画、建筑、诗歌等艺术领域里先贤们的创作和思想，或许正如伊朗诗人莫拉维所写的那样，"教孩子要用孩子的语言，无论你是个智者，还是普通人"，巴扬尼甚至用了孔子的"因材施教"法来向我解释他的教学理念。

中国的哲学与圣贤，对巴扬尼而言也并不陌生，他对中国文化同样抱有强烈的兴趣,"当我第一次到中国的时候,我根本就想不到我在另外一个国家。"

孔子倡导"诗书礼乐",读诗而明礼,闻乐而知礼,他的教学理念,除了"因材施教"以外,还有"君子不器"。器是器物,或者也可以理解为手段,君子读诗学乐,并非是要掌握某一项具体的技能,而是为了透过"器"的表象,学习其中所蕴藏的"道"。

中国的所谓"道心",在伊朗,也是"神心"。

"我希望他们学习的时候,不会有陌生感,也不会感到羞涩,就像一个大家庭一样。"

学生们带来的水仙,心口相传的西塔尔琴,花与音乐的房间

巴扬尼的话让我回忆起千年前孔子的那场对话，孔子曾询问弟子们的志向，有人回答治国，有人回答为相，而孔子最为喜欢的，却是弟子曾皙的志向：

"莫春者，春服既成，冠者五六人，童子六七人，浴乎沂，风乎舞雩，咏而归。"

在暮春时节，我穿上春天的衣服，大人与孩子们一起，在沂水中沐浴，在舞雩台上吹风，一边唱着歌，一边踏上回家的路，这是悟道，也是生活。

自 我

德黑兰大学，是伊朗最为古老、规模最大的一所综合性大学，它成立于1934年，在这所传统的高等学府里，女性学生的比例甚至超过了男性。在伊朗，女性受教育的程度很高，不止是在大学校园，在德黑兰的文化中心，在各种博物馆中，从事文化学习和进修的女性人数都大大超过男性。

而伊朗女性地位的提高，则要从伊斯兰革命说起。

伊朗伊斯兰革命，又被称为1979年革命，通过这场革命，什叶派穆斯林推翻了巴列维王朝的统治，并在国内实行"全盘伊斯兰化"的行动，伊朗的君主立宪政体被推翻，什叶派领袖赛义德·鲁霍拉·霍梅尼建立起一个政教合一的伊斯兰共和国。

　　巴列维王朝的君主，利用石油出口的收入换取美国的援助，并企图效仿美国，以西方世界的发展模式重塑伊朗。然而一系列的改革却加剧了社会的贫富差距，激化了社会矛盾；另一方面，开放的文化政策，又使得西方的色情暴力等元素充斥市场，相关书籍和影音制品的传播发售，酒吧、赌馆、妓院等场所的公开逐利，严重冲击了伊斯兰的生活传统和文化底蕴。

　　与此同时，王朝企图推动世俗化的进程，将政治与宗教分离，所有提出反对意见的宗教领袖们，大多遭到了监禁与驱逐。于是，在民生与宗教的双重推动下，群众对于国王的不满日益增长，社会各个阶层逐渐联合起来，走上反抗国王的道路。

　　在人类的近现代历程中，面对西方资本主义的强势入侵，每个国家都选择了自己的应对方式，日本进行了明治维新，中国从学习西方科学技术的洋务运动，到十月革命一声炮响送来的马克思主义，始终在摸索与自身国情相适应的改良办法。而伊朗则提出了"既不倚东，也不靠西"的办法，选择在汹涌的洪流中，坚守自己的独特与独行，在眼花缭乱的主义与理论中，依然只向心中的真主虔诚而拜。

　　经过公投，伊斯兰共和国由此诞生，因为旗帜鲜明地反对西方化浪潮，以及拒绝成为西方世界的傀儡，伊朗与美国就此从合作走向对立。这场革命影响深远，在其他中东国家以及穆斯林世界，都掀起了反对西方干预的浪潮，两伊战争，也是伊斯兰革命的余波。

伊玛目侯赛因，是什叶派领袖霍梅尼深深敬爱的对象，他呼吁民众反抗，甚至不惜牺牲生命，来对抗所有的暴政与不公，正如当年侯赛因殉道而死的旧事一样。

德黑兰大学是伊斯兰革命的策源地之一，当年，霍梅尼曾在此地接受过胜利的欢呼。如今我漫步其中，只见景色，不见硝烟，学生行走其中，安稳而沉静。大学的礼堂以古代波斯的诗人菲尔西多命名，在人文学院前的广场上，诗人的雕像，正沐浴在阳光里。

巴扬尼先生在德黑兰大学教授诗歌，我曾询问他对于西洋音乐与民族音乐的看法。据他介绍，在伊朗，因为受到现代文明的冲击，自然有不少人喜欢上流行音乐、现代音乐，但是喜欢民族乐器的人也有很多，并且呈现出越来越多的趋势，"我的学生已经在教学生了，他们的学生，还会再教学生。"

这样的说法像极了中国寓言里"愚公移山"，"虽我之死，有子存焉；子又生孙，孙又生子；子又有子，子又有孙；子子孙孙无穷匮也"，波斯的文明早已在历史的长河中根深叶茂，子子孙孙，无穷尽也。

在世界逐渐缩为"地球村"的时代，不同的文化也在进行着交锋，巴扬尼对丰富多彩的民族文化的消亡早有警惕。他注意到，在许多地方，民族特色的音乐与饮食消失了，取而代之的是各类快餐，具有民族特色和地方色彩的服饰也消失了，取

巴扬尼音乐课的一位学生，就读于德黑兰大学

而代之的是西方的服装。对于伊朗社会而言，这是非常危险的情况。他说："如果全世界只有一种DNA的话，如果发生一种疾病，例如瘟疫，那么全人类都会消亡。"

反之，如果人们存在彼此不同的抗体，当瘟疫来临，抗体强的就会生存下来，而抗体弱的就会死亡。在巴扬尼眼中，波斯的故事，就是生存与生长的故事，在伊朗的这棵生命树上，他也不过是其中的一枝一叶而已。

德黑兰大学，正午时分，光景悠然。我在拍摄的时候，有两位路过的女学生看见镜头，立刻朝着镜头送出一个飞吻——在踏上这片土地之前，我以为伊朗的女性是保守而传统的，甚至在提出采访邀请的时候，心里早已做好被拒绝的准备。

第十二章　为心声

我和学生们谈到伊斯兰革命，在那场革命中，甚至有学生在抗议行动中遇难，一位男学生对我说："每一个生命，都会在感受到他人的死亡以后，重新觉得自己活着，并且更加想要去爱。"

我说，在中国的古话里，应该叫作"不负今朝"。

那位学生听了我的话，向我微笑起来。

"欢迎来到伊朗，愿爱围绕着你，愿你不负今朝。"

所见的真相

在德黑兰大学的校园之北，有一座兼具古典与现代风格的清真寺，如今，这里已成为德黑兰市民主麻日的圣地。

伊斯兰教把每周五的聚礼，称为主麻，而伊斯兰教的礼拜天，就是主麻日，即聚礼日。伊斯兰教规定，每周星期五的晌礼时间，凡成年、健康的男性穆斯林，均须在当地较大的清真寺举行集体礼拜，这被称为"主麻聚礼"（周五聚礼）。

先知穆罕默德曾言道，"穆民最好的日子是主麻日"，穆斯林在这一天，需要多做善事。按照伊斯兰教的习俗，穆斯林每天要完成五次礼拜，在清真寺或在自己的家里。

我抵达伊朗的时候，正是穆斯林做第一次礼拜的时间，整个机场的广播里，都响起《古兰经》念诵的声音，机场还专门设有祈祷室，供穆斯林随时到点做礼拜。

凌晨5点，天还没有亮，感觉很冷，让我想起中国南方除夕的冬天。德黑兰这座城市很安静，尽管车来车往，大多的穆斯林在这个时候已经完成了礼拜，正准备出门或者已经出门。

主麻日除了需要进行礼拜以外，还要听演说，即"呼图白"，主麻聚礼是穆斯林与真主心灵沟通的特殊方式，也是凝聚民心的重要仪式。在德黑兰大学的清真寺中，领拜的伊玛目都是伊朗的重要政府官员，有时，伊朗最高领袖阿里·哈梅内伊也会亲自领拜，主持主麻聚礼。领拜伊玛目在主麻的演讲中要向人民阐述和分析国际形势，阐述政府对重要国际事件所持的立场。

因为涉及宗教与政治，以及长期以来，伊朗遭受到一些媒体的片面报道与抹黑，所以在是否允许我进行拍摄的问题上，这里的工作人员不敢做主，必须向学校进行请示。在等待结果的时候，他们端上满满一盘甜品和茶饮，"请先喝杯茶休息吧。"

伊朗人偏爱甜品，在大街上，售卖甜品的店铺相当常见。而对于客人体贴入微的招待，也并不只是德黑兰大学的特色，实际上，伊朗的待客之道从来都是温文尔雅的，即便是谈生意，不管买卖是否成交，伊朗人永远都会先奉上一杯好茶，或者好吃的甜品，用以表达自己的诚心。

很快，我得到了回复。

第十二章 为心声

"请进,我们相信你会公正地记录伊朗。"

主麻日的现场,成千上万的民众虔诚而拜,人群起伏如汹涌的浪潮,万人同声的场景极为震撼。

人群静默的时候,仿佛连针落的声音都能听见,倘若你闭上眼睛,根本无法想象自己置身于千千万万的人海之中。

这只是一个寻常的主麻日,如果在沙特麦加朝觐期间,据说有多达 300 万人,不管是国王总统,还是平民百姓,无论男女,无论老少,都在同一处完成朝觐宗教功课。这种巨大的宗教聚会的场景,如果不是亲临现场,是无法体会到那份震撼的。

仪式结束,我在清真寺外整理拍摄素材,一位老人看见了镜头,立刻向我走近了几步,他摘下帽子,以示对客人的尊重。我看见了他的苍苍白发,老人向我大方地笑,开口说话时,有一种如诗如歌的优美腔调。

"你好!欢迎你们。"

我在穆斯林休息日这天,结束拍摄后,途经一处公园,公园里正在进行抽奖活动。看见路过的我,他们当即邀请我过去参与抽奖,盛情难却,我被拉上台,麦克风也被递到手里。

"我来自中国,谢谢你们的好客与友善,我会将它带回我的家乡,并告诉我的同胞。"

台下传来掌声,人们的脸上带着惊喜,而我也怀有同样的惊喜,伊朗的天空是湛蓝的,街道是洁净的,说话是轻柔的,笑容是友善的。我想把一个真实的伊朗告诉我的同胞,甚至告诉这个世界。

"这是一个非常美好的国度。"

第十三章　温柔乡

东风啊,
假如有一天,
你吹拂过阿拉斯河岸,
请亲吻一下河谷的泥土,
把馥郁的芳香撒在岸边。

——《哈菲兹抒情诗全集·三〇六》

菩提与樱桃：从印度到波斯

悬挂体

在去伊朗之前，由中国文化部和伊朗驻华大使馆文化处等单位共同主办的"伊朗文化周"在北京举行并在首都图书馆举办展览。数十位来自伊朗各艺术文化领域的艺术家与手工艺人来到中国。我在那里认识了伊朗的女书法家伊拉赫·哈塔米，她是伊朗书法协会最佳奖的获得者，波斯悬挂体是她最擅长的字体，展览中有20多件作品出自其手。

书法是波斯艺术和文化的核心，也是王公贵族们必备的修养课程，在伊朗所有的书法艺术中，"纳斯塔里格"，即"悬挂体"，是其中毋庸置疑的瑰宝，伊拉赫向我介绍，悬挂体是现存的非物质文化遗产，"伊斯兰书法新娘"是人们给予它的美誉。

真正领略过这种书法以后，会立刻意识到"新娘"比喻的贴切。它的六分之一是直线运笔，其余的都是旋转运笔，字母圆滑旋绕，形体变化多姿。比起中国的象形文字，波斯的文字则是图形，象形文字指向事物本身，而图形文字则将笔画构成舞蹈着的符号，笔触鲜活，意蕴隽永，有一种雾里看花的朦胧之美。

"中国的书法和伊朗的书法，有很多共同之处，比如书写

第十三章　温柔乡

的顺序都是从右到左，"伊拉赫向我一笑，"当然，更重要的是，要写自己的心声。"

我想起中国古代的书法作品，无论是王羲之的《兰亭集序》、颜真卿的《祭侄文稿》，或是别的流传百世的手稿，除了那些惊艳的笔锋顿挫，文字背后所传递的情感其实同样真挚有力。"文以载道"，倘若没有文本，书写也只是技巧的堆砌而已。

伊斯兰教发起了笔和记录书面文字的运动，并赋予了其深奥的含义。《古兰经》为了赋予笔的价值以进行盟誓，称赞书写、笔和所有可以书写的工具。伊斯兰教认为，书法是人类精神的体现，优美的书法会使真理之言变得更加优美和明晰。

在中国，书法往往蕴藏着家国情怀、民族气节；在伊朗，书法是虔诚内心的证明，与宗教有着密不可分的联系。伊拉赫告诉我，在伊朗的穆塔哈里清真寺，里面的图书馆收藏有5000册手抄本，有些是独一无二的孤本，现在，还有许多学生在神学院学习，而伊玛目清真寺门上所写的许多诗文，就是由当时著名书法家用波斯文"纳斯塔里格"体书写的。

道别合影的时候，伊拉赫温柔而有力地握住我的手，并安静地微笑着，"等你到达伊朗，请一定前来与我见面。"

伊拉赫在伊朗的工作室小巧精致，无论什么时候过去，总能看到学生们出入其中，庭院里种满了花朵，房间里摆满了书架，整齐收纳着各类书籍和学生们的作品，我在参观的时候，注意到一张十分特别的作品，纸面破旧，像是经过了一番蹂蹦,边缘处更是凹凸不平,像是被火焰灼烧过,这幅作品与其他工整洁白的作品形成了鲜明对比,面对我的疑问,伊拉赫沉默了很久。

"这是我学生的作品。"

在某次举办于伊拉克的书法展览上,一位年轻的女孩被伊拉赫的作品感动,决心追随她为师,因为混乱的政局,伊拉赫被迫在伊拉克多停留了一段时间,"在当时的环境下,她学得那样心无旁骛,专心致志,她是我最好的学生。"

时局曾有短暂的好转,伊拉赫回到伊朗,然而战争的阴影始终徘徊在两伊的土地上,世事无常,平凡琐碎的生活,有时也成为触不可及的梦幻泡影。一年后,女孩的家人将这幅作品寄给了伊拉赫,没有一个字的解释,而伊拉赫已泪如雨下。

烟与火浸染了这幅作品,苍白褶皱的纸面蒙了灰,像是废墟里脆弱飘摇的花,任何的解释都是多余,生命终归成为一场红尘梦醒的旅途,花开莲现,花落莲成。我的目光重新落在这张薄如蝉翼的作品上,感觉自己正捧着一朵心莲,沧海桑田,因果久长。

悬挂体婉转飞扬,像是一片轻盈的羽毛,也像是一条东流的逝水。

我看不懂上面的文字,伊拉赫为我翻译它的意思,"我留在黑暗,我回到光明。"

闭上眼,我仿佛能想象女孩的样子,想象她凝望千古长明的月光,想象她提笔,以心血为墨,留给这世间最后一句文辞。她的肉身陷落黑暗，但她的灵魂永向光明，枪炮与玫瑰，一念繁华，一念寂灭。生命是写满悲欢离别的纸张，一次擦肩或许就是永别，一次回首或许已成天涯。

宋词里写道，"人生如逆旅，我亦是行人。"漫漫生命，每个人都将各自抵达终点，而我也只是旅途里的过客。

伊朗朝暮

德黑兰，这座城市作为伊朗的首都，发展起来还是近200年的事，因此人们把德黑兰称为古老国家的新首都。它从公元9世纪那个山脚下的小村庄，已经发展成西亚最大的城市之一。走在繁华的街道上，波斯女子的头巾后，藏不住她们的美丽和自信，让人意想不到的是，这个政教合一的伊斯兰国家的女性，其实非常的热情和开放。

在和伊朗女人热情打招呼以后，我发现她们打扮时髦，很多细节都非常精致。伊拉赫告诉我，她们想遮羞，但不是严丝不漏，她们不喜欢穿卡多尔，不喜欢用黑色把全身包裹得那么严实，她们喜欢适当的遮掩，有些女孩会选择露出双耳的方式。"戴耳环"是伊朗女性的一种文化，在她们的文化里这是神圣的。

我在德黑兰大学与女学生交谈时，曾问她们，大学毕业以后，会选择成为家庭主妇还是出去工作？很多现场的女生回答我，她们会先在外面工作，因为她们非常喜欢做与专业相关的事情，比方说，化学工程师。

伊斯兰革命后，妇女的地位有了很大的提高，各行各业都可以看到职业妇女活跃的身影，伊拉赫是她们中的杰出代表，她是伊朗第一位被誉为大师级的女书法家，从各地慕名而来学习书法技艺的女弟子们总是络绎不绝。

如果从西郊驱车进入德黑兰，会遇见一座风格宏伟的纪念塔。1971年，为纪念波斯帝国建立2500周年，当时的巴列维王朝在德黑兰修建了这座纪念塔，命名为"国王纪念塔"，它由2500块大理石建成，象征着波斯帝国建国所经历的2500个岁月。

巴列维王朝为此在波斯波利斯举办了盛大的庆典，然而在热闹的表象之下掩饰不住背后的忧伤，这不过是外国人在这片土地上饮酒狂欢，伊朗的普通民众却面临着精神与物质的双重困境，这个不合时宜的纪念，加剧了社会的反抗和不满。1979年，巴列维王朝被推翻，伊朗伊斯兰共和国建立，这座纪念塔正式改名为"自由纪念塔"，如今，这座纪念塔已经成为首都德黑兰的象征。

这座纪念塔将古波斯萨珊王朝的建筑风格与伊斯兰的建筑风格融为一体，颇具气势与神韵，正面两侧线条由下而上，由宽到窄，挺拔入云。巴列维王朝时期，伊朗的国王经常在此地接见世界各国到伊朗访问的政要和元首，并赠送伊朗的纪念礼

第十三章　温柔乡

物金钥匙。如今，只需要一张门票，任何地方的游客都能登顶瞭望，"自由"，其形其神，诠释了波斯民族的秉性与观念。

抵达德黑兰，我直奔自由纪念塔，登上200多级台阶，到达顶层。通过开设的窗孔，能够鸟瞰德黑兰市的全景。这座历经沧桑与苦难的"鲜花之城"，在晨光中别有一种静默的力量，天边的火烧云正冉冉升腾，连绵的雪山仿佛就在眼前，皑皑的雪色与朝霞的火色交相辉映，在清冷中透出惊心动魄的艳丽。

这种雪与火的观赏体验，让我想起伊拉赫的书法，悬挂体优美婉转，如同跳跃不止的音符，与楔形文字相比，隽显得温柔永，飘逸灵动，具有难以言说的生命力。而这样的文字，竟是用竹笔写成，仿佛以千载的冰雪为骨，落笔处，却只见火焰般的烈烈光明。

后来，我到达设拉子，同样直奔古兰经门，穿过这道门，才算进入了玫瑰与夜莺之城，此时正是夕阳西下，远山一片金黄，天空尚留有些许湛蓝色，城市安静，街道干净。

古兰经门已经在此矗立1000余年，最初，它不过是一个普通的装饰门，直到有人在城门的小房间里放了一本《古兰经》，用以保佑过往人们的平安，这座门才具有温柔而非凡的意义。

城门在暮色里透出昏黄的色调，设拉子本土诗人哈鸠·科曼尼的雕像正在一旁垂首凝思。那一刻我忍不住再次想起伊拉赫，我拜访她时，她正在工作室给女学生们批改作业，温柔地低着头，在纸上细心修改，"我认为这里应该这样用笔……"

我离开时，她写了一幅作品送我，纸上走笔坚硬，字形百转千回，茂盛挺拔，像是苍老经年的树，我询问这些字的意思。

"伊朗，我珍爱的祖国。"

她

在飞往伊朗的飞机上，空姐是一位波斯女性，有一种让人羡慕的美貌和气质，快要落地时，她提醒我，记得包上头巾。在伊朗，女性如果没有包头巾，很可能会被请进警察局。她的提醒在当时的我看来，恰恰印证了伊朗这个国度的传统和保守。而在与伊拉赫的交谈中，我却了解到，在古巴比伦时代，只有亚索、巴比伦的妇女戴头巾，女奴隶和妓女则不用戴面罩和头巾。因此，在伊拉赫的眼中，这是以传统的风俗习惯，来表示自己是自由人。

机场的安检，男女是分开的，伊朗的地铁也会专门设置女性车厢。我初来乍到，在机场乘坐摆渡车的时候，惊讶地发现车厢的后半段全部都是女性，而男人们会自觉坐在车厢的前半段。我上车比较晚，车上早已没有了空位，我迅速找了个位置站好，面前一位白发苍苍的老人却忽然站起身。

第十三章　温柔乡

"请坐这里吧。"

这个行为完全超出我的预料，毕竟中国的传统思维是尊老爱幼，如果这样的场景在中国，此刻应该是我起身给这位老人让座。所以当这位白发的老人颤巍巍起身，要给我让座时，我立刻感到手足无措，无数次推让和道谢，都是徒劳无功。老人有一种不容置喙的坚持，最终我只好入乡随俗，缓缓坐下的时候，心情依然有些忐忑。

不过在伊朗度过一段时日之后，我已经慢慢习惯了这种对女性的温柔态度，不同的文化观念，有着不同的道德规则。在伊朗，男性为女性让座，就像在中国，人们喜欢为老人让座一样，稀松平常，都是习惯成自然的事情。

在我对老人的好意几番推拒的时候，老人显得和我同样惊讶，他反复向我说明："你应当有一个座位。"

伊朗的女性给我留下了极美的印象，不仅仅是因为她们拥有雅利安血统，在外貌上已经足够动人，更是因为她们的羞涩、精致、温和，以及随时随地展露出的那种教养——这是一种让女人见到也会心动的美丽。

我曾在古兰经社拍摄孩子们念诵《古兰经》的比赛，赢得第一名的是个小男孩。他获胜以后，立刻向母亲的怀抱里飞奔，他的母亲穿着黑袍站在场边，笑意中透着宁静温柔。我上前与她进行了简短的闲谈，她也与我分享了她的喜悦。

"我很高兴，不是因为我的儿子拿了第一名，而是因为他熟读了《古兰经》，他会明白爱是什么，我为他高兴。"

菩提与樱桃：从印度到波斯

那位母亲告诉我，她是一位全职妈妈，希望给自己的孩子培养浓厚的宗教情感，希望他能在这种氛围中成长。世间的父母，无不对孩子怀有期待，所以我问了她一个不能免俗的问题："你希望自己的孩子成为一个什么样的人？"

"希望真主安拉赐予他智慧，赐予他力量，希望他无所保留地爱人。"

那位母亲向我解释，她高中毕业以后，就过上了嫁人生子的生活，无法教给孩子太多学业上的知识，但她可以教给她的

古兰经社的孩子们，每周都会在妈妈的陪伴下来此诵读经书

孩子"爱"的意义,"只要他心里有爱,他就能一生受益。"

临别时,我称赞她的美丽,她轻轻整理了一下身上的黑袍,仿佛这是她自认为最美的所在。然后,她望着我的眼睛,温柔地微笑着。

"如果你觉得我美丽,一定是真主让我显示出美丽。"

我继续行走在伊朗的大街上,树木摇曳,一地叶影。我抬头,忽然注意到路两边的这些树,高大挺拔,很像波斯的民族精神。伊朗人很爱树,他们从不随便砍伐树木,就算是要建马路,也会为了一棵树改道——在他们的理念中,要发展就不能随便砍伐。这个国家的几乎每一棵大树都有身份证,贴上号码,并有标签,在专门的部门建有档案,只要一查档案,就会知道每棵树的历史。

这是一个非常动人的细节,伊朗人似乎格外钟情这些树木,在地毯的图样中,也经常能看见挺拔的树木。"生命之树"一直是重要的宗教符号,犹太教、基督教、伊斯兰教、佛教的图案里都有特殊意义的树木,这种生命之树,在佛教中名为"菩提",在伊斯兰世界中,名为"永生树",或者"不朽树"。

那位母亲曾给我一个非常奇妙的比喻,"我希望我的孩子像树一样。"

此刻,我意识到这个比喻的用心,人的肉体是无法永生不朽的,但是人的灵魂却可以永恒,可以高大挺拔,不被风雨吹倒,无论是伊拉赫的书法艺术,还是孩子们的《古兰经》比赛，都只是灵魂生长的方式而已。

　　那个穿着黑色罩袍的瘦小身影，在我眼里，已经是一棵树了。

第十四章　明珠色

> 我无论把什么东西,
> 置于我心的明镜面前,
> 展现在我想象中的,
> 依然是你美丽的容颜。
> ——《哈菲兹抒情诗全集·二九七》

菩提与樱桃：从印度到波斯

半个世界的地方

在离开德黑兰之前，是不应该错过伊朗地毯博物馆的。在市中心行走时，只要看见一座外形宛如地毯织机的两层建筑，就会立刻知道找对了地方，这座落成于1977年的博物馆，收藏着400多条珍贵的地毯和挂毯，其中最古老的地毯已有500多年的历史。

这里还有2500年前地毯的复制品；有打了120个结的宫廷用毯；有凸起两三厘米的浮雕式挂毯，两侧的不同图案有些类似像苏州双面绣；有用作门帘的挂毯；还有王后法拉哈从匈牙利购回的200年前卡尚织造的地毯。在伊朗的文化传统中，波斯地毯具有举足轻重的地位，前来博物馆参观的游客中，不乏本地人。

在伊朗，地毯是一家一户、一个村镇世世代代相传的家庭手工艺编织品，不同的家庭、不同的村镇，使用的经线、纬线、毛纱的粗细比例各不相同，手工染色的技艺也是靠工匠们世世代代秘密传承下来的。他们不但把地毯作为家居装饰，还把其看作是一种书画作品。波斯地毯于是获得了其他普通地毯无法企及的魅力——那就是没有两张波斯地毯是完全一样的。伊朗人将他们的信仰、理念、追求和对大自然、对世界的理

第十四章　明珠色

解，统统编织进地毯。地毯不仅仅是身份、地位、财富的象征，而且还寄托了2000多年来伊朗人永恒的梦想。

根据考证，大约在公元前6000年，伊朗就已经出现了编织地毯，无论是选材、技艺、配色，还是设计，无疑都是当时世界最为精细的地毯艺术。直到今天，地毯依然是伊朗人足以传家的艺术品，它的价值足以媲美一切贵重的珠宝黄金。行走在博物馆中，波斯的无数岁月从我眼前流过，蔓延生长的花叶枝树、宗教符号与寄托信仰的清真寺以及古代皇室的宫廷场景等，一丝一缕，都是岁月编成的细密针脚。

在博物馆的前厅，有一幅挂毯吸引了我的目光，挂毯上，龙凤的纹样腾云振翅，栩栩如生。我立刻知道它们是从何处而来，这对古代中国的精神图腾，跨越千山万水，在古波斯的历史中，留下了如此精致而浪漫的一笔。

我久久伫立在它的面前，直到一位老人的笑语打断了我的沉思，"你是从中国来的吧？"

老人随着我的目光，也看向那面编织了龙凤的地毯，"即使在异乡的旅途中，偶然一瞥，望见的还是家乡的月亮啊。"

这位名叫梅斯巴的老人，出身地毯世家，如今也是一位资深的地毯匠人。老人住在伊斯法罕，临别时他给了我他家的地址，"如果你到伊斯法罕来，我会永远欢迎你。"

伊朗人对自己的国家有着深厚的感情，他们赞美伊朗是世上最美好的地方。从德黑兰穿过400公里的沙漠，有一个被伊朗人誉为"半个世界"的地方，那就是伊斯法罕。这里不仅有

伊斯法罕的大巴扎是伊朗最古老、风貌保存最好的巴扎，波斯语"巴扎"的意思是"集市"

古代王朝的华丽建筑，也是伊朗文化艺术的集中地。它是17世纪萨法维王朝的首都，当时，东西方的游客和商人都聚集于此，它是古代丝绸之路的必经之地，伊朗人以此为傲，并给了它另一个名字，叫作世界的另一半——意思是，如果你看到伊斯法罕，你就能看到半个世界。

在波斯语中，伊斯法罕的意思是"军队"，因为这里曾是集结军队的地方，如果只看名字，似乎会将伊斯法罕误认成一个战争之地。不过"半个世界"的美丽恰恰源于和平的商业发展。过去，伊斯法罕是富甲一方的交通要塞，今日，它依然是

第十四章　明珠色

伊朗的第三大城市，1989年，伊斯法罕与中国的西安结为友好城市，遥远岁月里的波斯与长安，虽历经千载，而友情永续。

在伊朗，人们的日常生活离不开地毯，宗教仪式也离不开地毯，人们在地毯上礼拜、聚会。

波斯人将地毯视作"移动的花园"。波斯地毯通常融合了羊毛、棉、真丝、金丝和银丝等多种材料。从织料、颜色、图案到做工都一丝不苟，使用明亮的色彩来体现地毯复杂的设计，这是制作地毯的一个重要特色。

伊朗家庭是建立在伊斯兰法则和伊朗传统基础之上的，出嫁女儿的家庭，相应地要准备嫁妆。根据伊朗现行习俗，无论是在大城市，还是在小乡村和部落中，姑娘结婚时，娘家都要根据自己的社会阶层和财力向女儿赠送生活必需品，这些必需品就包括伊朗地毯和手织挂毯等，女儿出嫁的时候，都要带上一块妈妈亲手编织的波斯地毯。

伊朗人在休息日的家庭聚会上，一家人通常会邀上三五好友，或坐或躺在自家的地毯上，吃着亲手做的各色伊朗菜，聊着最近发生的趣闻。在伊朗，上门做客是一定要带花的，或是玫瑰，或是水仙。到达伊斯法罕以后，我买了一束水仙花，敲响了梅斯巴的家门，很快，老人就出来为我开门。

"欢迎来到伊斯法罕，我远道而来的客人。"

日月如梭

梅斯巴向我介绍，伊朗人将地面看成是房间的第五面墙，波斯地毯，于是就成为伊朗人在"第五面墙"上进行装饰的艺术品，据说，编织手工波斯地毯，专业的织工要从七八岁时开始学起，直到适婚年龄才能完全掌握。由于强调全部手工织造，因此，花上14个月，乃至18个月，才能真正完成一块传统的波斯地毯。

伊朗人认为，地毯美观与否，很重要的因素在于颜色的搭配。大多数波斯地毯都是使用当地农田或山区生长的农作物来染色，颜色运用越多，地毯的价值越高，最多可以达到250种颜色。伊朗的羊毛颜色本身就多种多样，有黑色、米色、棕色、黄色，尤其是羊颈部和腹部剪下来的毛，更是鲜亮，需要染色时，多使用从植物的根、茎、皮里提取的染料，比如从石榴皮里提取淡黄色，从核桃皮里提取赭色，而红色则往往用一种黑色的小昆虫染成。

"这是古代波斯的红色与蓝色，就算时间过去数百年，也不会褪色。"

我也向老人说起中国的《千里江山图》，那是藏在故宫的无价之宝，从北宋保存至今，画中的山水依然青绿如新，老人

第十四章 明珠色

立刻询问我绘画的颜料,我告诉他,作画的颜料是用矿石制作而成,而且不是普通的矿石,质量上乘,堪比宝石,所以画卷才能够经年而不褪色。

"用'宝石'绘画,中国也是懂艺术的国度。"

由于受到西方国家的经济制裁,伊朗的城市,大多带有一些老旧的痕迹,人们的生活也算不上富庶。不过,正因为对自身文化根脉的坚守,伊朗人对于文化艺术,对于精神世界的追求,已经远远超越对于物质的追求,无论是巴扬尼的音乐、伊拉赫的书法,还是梅斯巴的编织,都是对自我心灵的塑造,是接近真主、寻找灵魂的修行手段。

梅斯巴的祖辈都是地毯匠人,他的家里也有许多珍藏的地毯。老人怀着一种虔诚的热情,向我展示他的宝物,大不里士风格的地毯,伊斯法罕风格的地毯,库姆、毕扎尔、马什哈德、俾路支等地区风格的地毯应有尽有,无不如数家珍。

大不里士,作为伊朗西北部阿塞拜疆省的首府,是波斯最早、最古老的地毯出产地,被誉为"波斯地毯之乡"。几个世纪以来,大不里士吸引了大批艺术家和手工艺人,其产量占整个波斯地毯产量的最大份额,以传统的纹样为中心,囊括了几乎所有波斯地毯的图案,大不里士地毯是最美丽和最富传奇色彩的波斯地毯之一,这里的编织者和设计师力主革新,对整个东方编织工艺都产生了深远的影响。

位于扎格罗斯山和库赫鲁山谷地、扎因代河畔的伊斯法罕城,风景优美,长期以来,都被公认为是世界上最好的波斯地毯产地。伊斯法罕地毯是由宝石般的中心葵、沙哈巴斯棕榈叶、卷曲的树叶、缠绕的藤蔓及花草构成主要图案，采用世界上最好的羊毛——科尔克羊毛，编织在真丝的经纬线上。17世纪，波斯国王阿巴斯迁都伊斯法罕城，伊斯法罕制造的波斯地毯进入黄金时代，在波斯王宫、欧洲皇室、教廷和贵族阶层的家里，伊斯法罕地毯或如珍贵艺术品一样铺在地上，或如油画一样挂在墙上，令人为之倾倒。

波斯地毯惯常在边缘上织字，有诗句、经句、注释、产地、制作者和年代，别具情趣。一些年代久远的地毯，虽见其名，不见其地，或被历史湮没，或已成为他国的珍宝。编织者的名字出现在挂毯上不是那么直接，往往巧妙地隐藏在图案之中，如织在深色的绿叶草丛中或挂毯上不起眼的边角之处。

老人执意将他编织的一幅地毯送给我，他指着地毯上一片欣欣向荣的花叶，"我的名字，就藏在花里，我毕生的愿望，也藏在花里。"

我郑重地谢过，将沉甸甸的礼物捧在手里，没由来，竟忽然想到中国的成语"日月如梭"，梭，是织布机上的机件，用来引导纬纱与经纱交织，日月如梭，就是形容时间的流逝，飞快，从不停留。

听完这个中国的比喻，老人对我微笑着，提出了不同的看法。

"只要用心把时间编织起来，时间也会为我们停留的。"

第十四章　明珠色

心弦的回响

　　艺术离不开时间的检验与沉淀，波斯地毯同样适用这一真理。手工编织的波斯地毯寿命可以长达 100 年以上，年份越久，价值便越高，如果保养得好，地毯就成为古董珍品。而童话故事《一千零一夜》的风靡，使神奇的魔法飞毯广泛传播，为波斯地毯增添了无限的想象空间和品赏的乐趣。

　　地毯的色彩和图案丰富多彩，其中的宗教色彩图案主要用于日常祈祷或宗教节日、忌日祷告，多为每块不足一平方米的小型地毯，仅够单个人使用。地毯以清真寺穹顶为主图案，《古兰经》的经句和颂扬真主及其使者、几位深受什叶派穆斯林尊崇的伊玛目，是挂毯上出现频率最多的字句。这类字句如果出现在挂毯上，则通常不惜用金、银丝及蚕丝、羽毛来编织，以此来体现尊贵与华丽。

　　在伊斯法罕，有一座伊玛目清真寺，经常能看到成群的伊朗人民在大地毯上礼拜或祈祷，这一情景庄严而肃穆。据说在圣城马什哈德，环绕第八伊玛目礼萨陵墓的巨大广场，每逢周五聚礼，都需要上千块中号地毯方可铺满。

　　这座伊朗人心目中最完美、最宏伟的清真寺，采用细致精巧的彩绘瓷砖，总共用了 6000 万块瓷砖，耗时 18 年，才修建完成。配色上，代表天空的蓝色和代表光明的黄色相映成趣，美轮美奂，寄寓着伊朗人的美好愿望，在华丽的中央大圆顶下，可以见到两个宣礼塔柱，面向圣地麦加。这里还有一个神奇的地方，由于双层隔空18厘米的屋顶设计，带来了独特的回音效果，站在屋堂的最中央，便是回音效果最强的地方。

在雄伟壮丽的穹顶下，有位穆斯林用抑扬顿挫的声音高声念诵宣礼词，回响激荡，久久不绝，这个呼唤人们的礼拜声体现了对安拉的虔诚。

念诵宣礼词的男子叫作乌玛，平时一天五次，他要在这里用宣礼词呼唤穆斯林前来礼拜。这是他最喜欢做的事情，尽管这份工作并没有收入，但他依然觉得很满足。

乌玛告诉我："我9岁就会念经了，是我爸爸教我的——他是个农民，也会从事一些宗教活动。宣礼词包含了清真言，而清真言是所有穆斯林必须诵读的，我能每天在这里诵念，并且我的声音能够传遍伊朗，我感到很高兴，很开心。"

在礼拜前诵宣礼词，是向人们表示，"礼拜时间到了，赶快到清真寺礼拜"，在伊朗各个城市的清真寺里，有许多从事宣礼的专业人士。乌玛的经济来源是通过另一份工作，他是伊斯法罕继承民族文化遗产的一个部门的员工，他的妻子是家庭主妇。

当我问起他的收入是否能够养家糊口时，乌玛显得非常快乐，"不管怎么说，我都是满意的，我赚多少钱是真主定的。"

因为乌玛的宣礼格外嘹亮动人，很多来到这里的游客，都

德黑兰公园草坪上的一对恋人,草木温柔,天地静谧

对宣礼产生了浓厚的兴趣,他们纷纷慕名前来观看,他的声音和穹顶的回响设计相得益彰,日复一日,见证生命的平凡与不凡。

在伊玛目清真寺的门口,我还遇见了几位老师和学生。伊朗的老师们非常注重学生的实践能力,学生们设计了有关宗教的海报与杂志封面,老师们决定今天带她们到现场体验,看到我的镜头,学生们纷纷把自己的作品展示给我欣赏,其中大多是手绘完成的,有的仿写了清真寺门上的诗文,是美丽的波斯悬挂体,虽然笔触尚显稚嫩,但一笔一画都很认真,可见用心。

清真寺细密的蓝黄色，辉煌明亮，像是天河里浮泛的月光，唐代的诗人曾有诗句"今夜明珠色，当随满月开"，似乎也能成为伊朗人的精神注解。

心有明珠，可见满月。

与学生闲聊的时候，我问她们有没有听过乌玛的宣礼，很多学生都说他的声音天生响亮动听，还有学生说这里的回声效果比其他地方都要好，其中一个女孩的回答，却让我最为难忘。

"因为这是他的心之回响，所以无论多远，都能听得见。"

第十五章 长夜光

请向我展示你的面容,
并对我说……
"你该勇于舍弃生命!"
请在蜡烛前对火说……
"你该让飞蛾在火中升腾!"
——《哈菲兹抒情诗全集·二九零》

菩提与樱桃：从印度到波斯

永不熄灭

在伊斯法罕郊外的一座小山上，坐落着一座400多年前波斯的火神庙。火，在伊朗的传统文化中有着重要的地位。在古代波斯，人们主要信仰的宗教是琐罗亚斯德教，或称拜火教，该教的出现，对后来的犹太教、基督教、伊斯兰教，都有深远的影响。

拜火教主神阿胡拉·马兹达的形象在伊朗古建筑中经常以雕塑、浮雕的方式展现，信徒们对这位代表着光明和正义的神灵无比虔诚，将其想象为人与雄鹰的复合体。披发长须，侧身远视，腰缠大圆环，手持小圆环，展开巨大的双翼，翼与尾之间伸出翘起的双足。

火与光明，是波斯信仰中最为重要的神祇，对光明神的崇拜，是伊朗人从印欧语系先祖继承下来的信仰。这一信仰通过伊朗人的脚步传播到西亚各国、亚美尼亚、小亚细亚、北非，最终传播到西班牙和意大利。令人惊奇的是，这种信仰还传播到苏格兰及英格兰，罗马军团的战士们是这一信仰颇具影响力的信徒，正是通过他们才把这一信仰传播到足迹所至的地方。

在伊朗，有一个独特的民族传统节日——"跳火节"。每

第十五章 长夜光

当跳火节到来时,伴着熊熊的篝火,男女老少都会尽情舞动,火光映照在他们的脸上,留下灿烂的笑容。伊朗太阳历每年最后一个星期三,即公历的三月中旬,就是伊朗民族的传统节日"红色星期三",其中,跳跃燃烧的火堆是节日喜庆活动的重头戏,因此外国人习惯称"红色星期三"为"跳火节"。

跳火节因其世俗性和深厚的波斯文化底蕴,仍在伊朗这片土地上顽强地传承了下来,成为凝聚波斯民族的强大力量。伊朗民众会在自家门前或街头点起篝火,从火堆上跳过,表示烧掉

奥塔希高赫拜火庙,火与光明,是波斯信仰中最为重要的神祇

"晦气"，迎来光明，驱邪灭病，幸福永存。拜火教作为人类最为古老的宗教之一，如今或许早已式微，但与之相伴的波斯古文明却一代又一代地传承下来，生生不息。拜火教徒信守"三善"，善思、善言、善行，这也是波斯精神的最好注解。

伊斯法罕的凌晨，气温都在零下几度，冰冷彻骨，我想在太阳升起前爬上这座海拔1600米的山峰，这座山既是拜火教的朝圣之地，也是重要的军事基地。山路是一层一层嶙峋的黄土铺成，想要登顶，需要敏捷的身手和出色的跳跃能力，我爬上山顶，朝阳冉冉升起，洒下光明，土黄色的山丘泛出一层粼粼的金色，有如神迹。

虽然拜火教已经在悠长的历史岁月中沉寂，但是伊朗文化的风骨经年未改，就算身处长夜，也依然持火燃炬，携光而行。站在山顶，脚下的城市一览无遗，山上有一些风化的石头，天然，质朴，显示出岁月凿刻的力量，我捡了几块，打算将它们带回中国，因为这些石头，藏着伊朗的火焰，伊朗的光明。

结束拍摄下山的时候，太阳已经完全升起来了，我回到伊斯法罕的城区，随手拍下街边挺拔的树木。突然有一辆摩托车在我身边匆匆驶过，大概是天冷路滑，摩托车不幸摔倒，周围的路人反应比我更快，纷纷关切地迎上前去，帮车主将散落的东西一一捡起来，然后相互微笑，小声告别。

这是伊朗最生动，也最寻常的瞬间。

几乎是每一天，走在街上，时不时会有伊朗人过来向我

第十五章　长夜光

说,"拍摄辛苦了",或者说,"愿你们在伊朗过得愉快",又或者说,"欢迎来到伊朗",尽管这个国度在物质上并不算富庶,他们的汽车没有那么豪华,他们的衣服没有那么名贵,城市建设没有那么现代,但是那又何妨,他们有古老的树木,有虔诚的信仰,有平和的微笑,他们的生活慢而从容,每一天,都在与美和光明相遇。

伊朗美食物语

沙赫尔扎德饭店是伊斯法罕一家历史悠久、声名显赫的餐馆,开业于1967年,内部装修富丽堂皇,采用萨法维王朝时期的风格。这座具有古代波斯韵味的餐馆,每天都吸引着大量的游客前来,中国食客最喜欢的菜式是烤羊排,以及餐后赠送的伊斯法罕口味的开心果牛轧糖。

伊朗位于中国古代的西域,2000年前,中国茶叶和丝绸最大的消费地是希腊和罗马,想要将货物运往那里,就必须经过波斯这个中转站,于是丝绸之路应运而生,通过这条商贸之路,中国和伊朗在经济、文化和民俗等方面有着更加密切的交融。美食的传递,也是其中浓墨重彩的一笔,中国现今在餐桌上所吃的瓜果蔬菜之中,有三分之一是从西域——也就是如今的伊朗传入,比如胡萝卜、石榴、藏红花、开心果等。

　　伊朗人主食的摄入量是非常大的，他们喜欢用柠檬汁或者藏红花汁拌饭——必须一提的是，伊朗的柠檬非常清香甜美，

独特的自然环境，造就伊朗美味甘甜的水果产出

第十五章　长夜光

因为这片高原有着充足的光照，所以出产的水果都特别好吃。据说伊朗的石榴，光是种类就有500多种，有的水果店甚至只卖石榴这一种水果。到后来，我也逐渐养成了出门时就要买一杯石榴汁的习惯。

我第一次品尝伊朗的甜柠檬，还是在设拉子。伊汉姆是我们一行人的司机，他是设拉子本地人。刚到设拉子时，我每天都在吃烤肉，伊汉姆看在眼里，他担心伊朗的食物不合大家的胃口，于是特意邀请我们一行人去他家一起吃晚饭，这样我们就可以在厨房自由烹饪家乡的食物。

伊朗与中国有着4.5小时的时差，刚到伊朗时，因为没能立即克服时差问题，我每天都处在精疲力竭、昏昏欲睡的状态，于是也格外想念中国的菜肴。经过一番打听，才终于在设拉子找到了一家中国餐馆，不过大厨却是伊朗人，于是，由我充当翻译，得到了大厨的允许，在他的厨房自己动手，利用餐馆剩下的食材，做了一道最简单不过的番茄蛋汤。

异国他乡的夜色，千里皆同的月光，还有手里这一碗热气腾腾的汤。

按照礼节，我买了满满一捧水仙花，准备去伊汉姆的家里做客。伊朗的水仙花有长而直的茎，如果在伊朗的街上，遇见一个手捧水仙花的人，那么他很有可能是在拜访友人的路上，而每每看到伊朗人屋中花瓶里插满的水仙花，我都忍不住会想起自己的父亲，水仙花是父亲最喜欢的花，每年冬天，他都要养上几盆，还要将他旅途中捡到的石头收集起来，放在水里，等到阳光晴好的日子，他会将水仙花一盆盆搬出去晒太阳，天黑了再搬回来，算好了日子，等着它们在新年开放。

同样的花，也会被赋予不同的感情，伊朗的水仙花是友谊的象征，而父亲的水仙花，是一方水土，游子万里。

伊汉姆家有四层楼和一个小院，每一层都是他家族中的一个小家庭在居住，伊朗人非常重视家族，整个大家族就这样生活在一起，就像旧时中国的四合院一样。看到我们的到来，伊汉姆的母亲、妻子、两个孩子，以及他妻子的哥哥与妹妹等，都纷纷出来迎接，他们家族的人口众多，烧菜做饭都是一口大锅接着一口大锅，我坐定以后，丰盛的水果已经摆好，那应该是我此生吃到的最甜的柠檬，在正餐开始以前，我竟然一口气吃了三个下去，伊汉姆的两个孩子都看着我笑，并且不断往我手里塞更多的柠檬。

很快，他们就开始提问，比如我在设拉子都游览了哪些景点，于是我将自己当日的行程向他们分享，我参观了卡里姆汗·赞德国王的王宫，以及在王宫附近，这位国王为他的子民们所建造的集巴扎、清真寺和浴室三位一体的建筑群，这样的设计既方便穆斯林做礼拜，也便于他们生活休闲。

在清真寺，门口放着许多圆形的小土块，通过了解知道，什叶派穆斯林在做礼拜时，都要将额头磕在一个小土块上。

紧挨着这座清真寺，就是哈玛姆·法克拉浴室，同样是由卡里姆汗·赞德国王下令建造，已有250年的历史。里面的每个区域，都根据人们的不同身份作了区分。

第十五章　长夜光

伊汉姆的一个孩子问道："说了这么多，设拉子最让你喜欢的是什么呢？"

另一个孩子抢着回答："是我们家的柠檬！"

晚来天欲雪

伊朗是一个伊斯兰国家，饮食以清真食品为主，牛羊鸡鱼是主要的肉类，酸奶、奶酪和黄油是每餐必不可少的。这里盛产石榴，将石榴酱与肉类一起焖熟，吃起来有点中国糖醋咕咾肉的口感。除此之外，伊朗还盛产藏红花，世界上80%的产量都出自这里，普通家庭日常饭菜里不仅要加入藏红花，连冰激凌都有藏红花口味的畅销款，一口下去，有股淡淡的花香。

在伊朗人家里做客，女性是可以不戴头巾的，毕竟家是一个私人领域，在这个领域中，无论是主人还是客人，都享有绝对的自由。吃过晚饭以后，伊汉姆妻子的妹妹还拿出了伊朗的民间乐器，为我们演奏设拉子的民间音乐。而当我准备录影纪念时，在场的所有女性都默默地将头巾围上了，微微地低着头，显得有一些害羞。

在这个与伊汉姆一家共度的晚上，我近距离地感受到了伊朗普通人的生活情调、家庭氛围、风俗习惯，以及他们热情好客的民族性格。

两个孩子为我们唱起伊朗的诗歌，一个孩子说他前几天才去哈菲兹的墓前献上了水仙花，另一个孩子说他今天去了萨迪的墓前祷告，"我把我的手放在了萨迪的墓前，为他念诵《古兰经》，我相信，我的祝福可以通过我的手传递给他，让他安息。"

伊朗的孩子从小就受到《古兰经》的熏陶，在一派天然的年纪里，便已养成比较自律的性格。圣训认为，父母对于孩子的打骂是罪恶的，所以伊朗的父母不会打骂孩子，他们对于孩子的教育是温柔而耐心的，尤其是父亲。

伊汉姆说，在伊朗，最常见的家庭教育是鼓励孩子、夸奖孩子，父母会时不时地准备礼物，表达对孩子的爱意。如果孩子因为一时的调皮而做错了事情，比起责骂和打击，他们会选择用礼物进行鞭策，"我会和孩子说，这次这样做是不对的，但我相信你下次一定能做好，所以我为你准备了礼物，来庆祝你的进步。"

后来，我在伊朗接触了更多的孩子，对他们也有了更进一步的了解，每当我向他们问起，心里最崇敬的英雄是谁，很多孩子都会说，他们在生活中崇敬自己的父母，感恩父母的爱与付出。

在这些孩子的身上，我几乎见不到攀比之心，或者任何追名逐利的行为，他们非常平和、淡然、纯真，但是却富有力量。

第十五章　长夜光

当伊朗男孩长大，成为一位有担当、有责任感的父亲时，他们会将同样的东西再来传授给自己的儿子。伊朗的家庭教育，父亲往往要承担更多的责任。我在公众场合看到的伊朗家庭，常常是父亲在陪孩子玩耍，教孩子读《古兰经》，这个民族的未来，就是在这样温暖的家庭氛围和纯粹的宗教信仰中培养成长的。

伊朗男人留给我的印象，有巨大的食量，漂亮的胡子，以及一种普遍的绅士气概，他们对于女性非常尊重，永远会为她们让座、开门。每次我看见在外聚餐的伊朗大家庭——一般都有两个孩子，甚至更多，都是这些男人们在耐心温柔地给孩子喂饭。

没过几天，就是伊朗的传统节日"雅勒达节（Yalda）"，这一天在中国被称为"冬至"。相传，波斯光明天使就出生在这一天的晚上。雅勒达节之夜，伊朗人要彻夜点火，驱赶漫长的黑暗，庆祝光明与善良降临人间，雅勒达节也是家庭团聚的重要日子，人们在音乐与美食中，享受着天伦之乐。

华灯初上，街边的饭店都很热闹，伊朗人的主食除了米饭以外，还有一种用石头烤出来的薄馕，饼皮很大，也很薄，上面能看到石头的印子，我在旁观看制作过程，还被热情的老板邀请，亲手制作了一张馕饼。

我拎着热乎乎的馕饼往回走，今天已经吃了两个柠檬，倒是可以再买一杯石榴汁，快到酒店时，又顺手买了一把水仙花。中国有一首古诗："绿蚁新醅酒，红泥小火炉，晚来天欲

伊朗高原的火烧云，别有一种荡气回肠的色彩

雪，能饮一杯无。"虽然无酒，但是有花有月，也就足够了。

　　雅勒达，Yalda，冬至，天使也在此刻降生，此后长夜漫漫，光明也就有了意义。

第十六章 归去来

世上的蔷薇千朵万朵,
有一朵对我笑,
我就心满意足;
草原上的翠柏挺秀端庄,
阴影落我身,
我就心满意足。

——《哈菲兹抒情诗全集·三零七》

遗　憾

当下，全球都在盛行好莱坞式的电影制作和故事模式，伊朗电影依旧保持着清新朴实的创作风格。伊朗电影常常以儿童为主角，透过孩子们纯真的眼光，阐释伊朗人民的生活哲学，充满童趣与温暖。这些影片关注伊朗社会现实，反映人情，关注女性和儿童，通过普通人，尤其是贫困阶层的故事，以小见大。伊朗电影始终根植于伊朗古老的历史与文化中，用自己的电影人制作自己的电影，述说自己的故事，在传统与宗教中实现自我。

2012年，在第84届奥斯卡颁奖盛典上，伊朗导演阿斯哈·法哈蒂执导的影片《纳德和西敏：一次别离》获最佳外语片奖，同时，阿斯哈·法哈蒂还获得了奥斯卡最佳原创剧本奖提名。伊朗，这个一直在传统与现代之间徘徊的中东古国，再一次以自己独特的文化引起世人的关注。

电影，既是一个对他们本民族文化和文化遗产引以为骄傲的载体，同样也为伊朗国内和国外不同宗教派系的人提供一个可以和解的渠道。通过评论和讨论，电影成为重新定义伊朗文化身份的一个重要媒介。

从高中时代起，我就格外喜欢伊朗的电影，其蕴藉着一种东方的含蓄之美，他们关注现实生活，而且善于刻画人性的细微与深刻，是我非常喜欢的电影类型，在伊朗所有的导演中，阿巴斯是我最为欣赏的一位。

伊朗电影自20世纪八九十年代以来，一直是世界各大电影节的座上宾，著名的导演阿巴斯·基亚罗斯塔米是伊朗导演中颇具代表性的一位，他多次荣获电影节大奖，在国际影坛上一直名声远扬。

阿巴斯·基亚罗斯塔米，继承前辈的乡土写实风格，放弃以诠释宗教或道德戒律为题旨的"伊斯兰电影"模式，采取一种温和的疏离政治的叙述方法，他把镜头对准儿童的纯真世界，透过孩子的艺术形象来折射人类的良心和社会的苦难，并最终将伊朗电影推上国际影坛。

与阿巴斯同时的另一位重量级导演是穆森·马克马巴夫，进入20世纪90年代以后，面对全球化市场的挑战，伊朗的文化政策进一步开放，伊朗电影进入一个史无前例的快速发展时期，涌现出一批富于创新锐气的青年导演和女性导演，使伊朗电影在触及现实的深度以及电影美学的多元化探索上向前跨进了一大步。

伊朗有关儿童的电影，主角通常是来自父母有问题的家庭，儿童的角色特征是贫穷、孤儿、匮乏、孤独、被遗弃等，无一不是处于悲惨的境遇之中。这些电影并不表现生活在舒适和优裕生活中的中产阶级家庭中的孩子。针对目前已有的儿童电影中普遍存在的有缺憾的家庭，有人认为这是在一定程

菩提与樱桃：从印度到波斯

度上表明导演对伊朗主流社会持批评态度，是诗意现实主义的一种表现，而伊朗电影中的诗意现实主义，正是在于它既不是一个直接的同质物，也不是一种单一的社会现象，而是一种成功地穿越了高雅和低俗、传统和现代、正统和娱乐的界限后的综合体。

伊朗，这个无论是东方还是西方都视之为神秘的国家，一直吸引着人们好奇的目光，电影是打开那里的一扇窗，透过它可以看到人们的喜怒哀乐。尽管早期的儿童电影展示了伊朗人民生活中质朴美好的一面，但宗教化的生活才是现代伊朗的一面镜子。

在伊朗的采访拍摄期

伊朗众生相：等待

伊朗众生相：小憩

伊朗众生相：远望

第十六章　归去来

间，我唯一的遗憾，就是错过了和伊朗著名电影导演阿巴斯见面的机会。阿巴斯因为赶赴国外参加电影节，短期内不会返回伊朗，所以最终还是没能相见。我从小就比较喜欢阿巴斯，他的《何处是我朋友的家》《橄榄树下的情人》《樱桃的滋味》《随风而逝》都是我比较喜欢的电影作品，伊朗长期受到西方国家的打压，在艺术领域也在国际上受限，但在夹缝中，总有阳光照射进来。

伊朗电影人特别突出的成就就是儿童题材的电影作品，用孩子的视角讲人性、讲和平、讲伦理、讲哲思，成为世界电影不可复制的一个经典类型。在德黑兰，我曾专门造访了阿巴斯曾经读过的大学——德黑兰大学美术学院，在校园阳光洒落的长廊里，我的心情久久不能平静。

或许旅途总是要留下遗憾的，而这些遗憾，也是旅途的一份特别纪念。

爱与死亡

2004年普利兹克建筑奖获得者，伊拉克裔著名建筑师扎哈·哈迪德曾经这样说："其实我们已进入一个新世界，只是我们并未看出这点，我们仍沿用被教导的旧视点。唯有真正张开眼睛、耳朵或心灵来感知自己的存在，如此我们才会得到真正的自由。"

扎哈·哈迪德从小便沉迷于波斯地毯繁复的花样,她的建筑世界的灵感,就是张开眼睛、耳朵和灵魂,用一种自由的姿态,诠释波斯地毯的艺术精神。

无论如何,伊朗与伊拉克,终究有斩不断的联系。

两伊战争是伊朗和伊拉克历史上的伤痛,在这场战争中伤亡人数逾百万,无数的女人和孩子在战争中失去了亲人,战争的残酷以及它所留下的疤痕很难抹平,人们在德黑兰的伊朗军事基地上复原当年战争的场景,每当伊朗人想拍两伊战争电影的时候,他们就会来到这旦。

经过非常严格的申请与登记之后,我才被允许进入里面。武器的残骸,依旧留在这片一望无垠的伊朗高原上,只要站在这里,就能够想象到当年在这里发生的战争,究竟有多么残酷和血腥。这里有正在拍摄两伊战争的剧组,通过种种的布景和复原,立刻将所有的到访者都带回到了当时的情景之中,战争的恐惧,死亡的阴影,几乎将我牢牢困在原地。

在这座军事基地里,我见到了伊朗电影导演马丝沃德·那卡科,他们正在拍一部新的电影,而我正在反过来去拍他们。原本,在军事基地拍摄纪录片,存在着诸多限制,但到后来,我与这几位热情友好的同行们混熟了,他们纷纷前来主动要求拍照留影。我从观察者变成了被观察者,我在透过他们了解伊朗,他们也在透过我想象中国。

那天几位剧组工作人员正在闲聊,其中的一位忽然叹息了

第十六章 归去来

一声,将眼睛投向这片莽莽的黄土,"如果有一天,全世界的人都不需要看战争片就好了。"

战争电影,是慷慨的悲歌,也是醒世的呼唤,除非人世间不再有战火,否则战争片就依然有拍摄流传的意义。我听到这句话,没能立刻想象出一个天下大同、美美与共的星球。只是忽然想到,在一个火烧云编织的晚霞里,穆巴勒萨能够听到妈妈熟悉的声音,推开门,妈妈正微笑着向他敞开怀抱。

我的下一个行程,是去采访伊朗诗人麦斯巴赫。诗人有一份体面优雅的工作,家里有两个庄园,不过走进他的家,却并没有看到一件高档家具,整体的装修风格算不上豪华,可是却能看到别致的场景,他在捡来的树皮上写诗歌,还有已经风干装裱完毕的梧桐树叶,甚至将山上采来的干花做成了台灯,房间处处充满诗情画意。

在一片叶子上,我读到他的诗:

> 爱不是表面,而是内心的感觉;
> 爱不是语言,是一种心灵的体会;
> 如果你的眼里有爱,
> 你看到的也都是爱。

我向诗人讲起我的上一个行程,诗人沉吟半晌,回答我说:"希望他们都能得救。"

这一天,是公历2013年的6月23日,是伊历的8月15日,被称为拜拉特夜。穆斯林信徒认为，这一夜，安拉会打开饶恕、怜悯之门，凡悔过自新者，必获赦免，故又称此夜为恕罪夜。穆斯林信徒多在该夜念经、礼拜、祈祷、施舍，白天封斋。

"战争是错误的，而那些死去的灵魂，没有爱是无法得救的。"诗人想了想，又补充道，"活着的人，更加不能忘记这一点。"

结束采访，我走入热闹的街道，有一种重回人间的温暖感觉。今天是周五，是伊朗人休息的日子，公园里到处都在举办家庭聚会。在休息日，结束工作的伊朗男性，会和妻子、孩子一起到大自然中，随意铺一块地毯就可以进行野餐，我在公园偶遇了一个过生日的男孩，尽管我们素昧平生，他却热情邀请我参加他的生日聚会，还分给我一块蛋糕，一杯酸奶——伊朗的奶制品非常丰富，而这里的酸奶，算得上我吃过的最纯正的酸奶，似乎比西藏的牦牛酸奶还要美味一些。

刚到伊朗时，我曾采访伊中友好协会的会长穆罕默德先生，在40分钟的谈话里，我感到伊朗人强烈的凝聚力，他们将守护民族的尊严与自由看得比生命更重要。

"世界对伊朗有所误解，伊朗人很了解中国，但是中国却不了解伊朗。"

"所以我们来了。"我答道。

第十六章　归去来

返乡的长梦

亚兹德是位于伊朗中部的一座城市,这座古城始建于公元5世纪,从古至今,一直是波斯琐罗亚斯德教的最大中心。在市郊,有两座"寂没塔",在古代,这是琐罗亚斯德教教徒的墓地,在波斯文明中,死亡意味着火焰的寂没,人生在世,应当永怀赤子之心,燃烧生命之火,而不应让其被风雪吹熄。我到达亚兹德的时候,熊熊的火焰,依然在琐罗亚斯德教的神庙里热烈燃烧。

这座城市在伊斯法罕的东南方,城里的人们,世代居住在这片沙漠之中,为了缓解沙漠的炎热,当地的建筑物顶部,都有一个用来降温通风的"风塔"。阿米尔·乔赫马克清真寺位于亚兹德正中心,是为了纪念1400年前殉道的伊玛目侯赛因——伟大先知穆罕默德的外孙而修建,登上这座造型独特的清真寺,可以俯瞰亚兹德古城的全貌。这样的视角让我回忆起德黑兰的米拉德电视塔,它是世界上第六高的电视塔,在设计上采用了传统的波斯风格,并以复杂的抽象图案装饰,可以明显看到现代的伊朗元素与古代波斯艺术的融合。

伊朗文化的核心就是波斯。波斯书法承袭阿拉伯书法,通过这种艺术载体,能够看到独立不羁、坚守信仰的伊朗民族精神；地毯是对民族精神的阐释，包含着对世界的理解，在伊朗，无论穷富，都要将地毯布置在家里，这同样是民族精神的象征；电影是将世界潮流融入自己本源的一种方式，用自己的独到视角，来演绎民族追求、民族精神，伊朗电影在这一点上相当成功。无论用哪种方式，无论身在哪里，都可以深深体会到伊朗人对自己传统文化和艺术的尊重与继承，也能感受到现代伊朗人的那种回归本源的民族骄傲感。

这是一个具有5000年历史的文明古国，他们创造的文明，千百年屹立不摇，他们留下的遗产，至今依然影响着人类的进程；这是一个恪守礼法和传统的民族，一个坚守自己独特精神世界的民族，自信坚强，不屈不挠。透过这块土地上平凡人的日常生活，我慢慢揭开这个神秘国度的面纱，体会他们的心灵世界，解读他们纯净的灵魂。

每一天，伊朗的城市都会被凌晨5点的宣礼声唤醒，伊朗人也由此开始他们一天的生活，巴扬尼依然会弹奏西塔尔琴，朗诵诗歌，他的学生们正怀抱水仙花登门求教；伊拉赫依然在书写优美的波斯悬挂体，她的作品正代表伊朗的艺术走向世界；阿萨杜拉依然一心致力于祖传的手艺活，在漫步经过阿巴斯酒店门口时，会有短暂的驻足和凝望；唤拜者乌玛总是第一个打开清真寺的大门，迎接每一位虔诚的穆斯林兄弟；梅斯巴又编织出一卷新的波斯地毯，也许这次，他会将自己的名字藏匿在卷曲的树纹中。

他们生活在不同的城市，他们的职业也各不相同，但他们

第十六章　归去来

却有一个共同的信念——坚守波斯文明。

我在返回中国的飞机上睡着了，飞机颠簸，梦境却平稳。

我梦到了伊拉赫，在北京初见时，她像个孩子一样拉着我和她拍照，在德黑兰再次见面的时候，她远远看到我，立刻就跑过来抱住我，在我脸上亲了又亲。她在去科威特做个人展览的前一天，因无法为我送行，就提前等待在我的酒店门口，给我准备了相当多的礼物，希望我将她的思念带回中国。

我梦到德黑兰街头的茶馆，那里是伊朗重要的社交地点，德黑兰传统的茶馆通常会营业到凌晨两三点钟。茶馆多是低矮的屋顶，偌大的一个客厅里，横竖摆着好几张大床板，上面铺着波斯地毯。男人们下了班就聚集在茶馆里，要上一壶浓茶，谈天说地，运气好的时候还能看到说书人的表演。

我梦到伊斯法罕的三十三孔桥，这座桥既是一座建筑，也

诗歌会、书法节、博物馆现场偶遇的伊朗女性，气质优雅，举止美丽

是一件艺术品，伊朗的家庭或情侣或朋友聚集于此，休憩、闲聊、抽水烟，孩子们在桥上奔跑、玩耍。

最后，我还梦到波斯波利斯，夜晚降临，一片荒草，流云飞逝，阴冷的寒风一阵阵袭来，在废墟之上，似乎有火光跳跃。火，光明、温暖、绚烂、无畏，火苗的窜动，正如生命的韵律。然后，一切都归于平静，那将是下一个轮回的开始。

后　记

　　书稿付梓之际，想起许多支持我一路走来的亲友们，我想把这些故事、这些风景、这些感悟和他们分享，并致以无尽的谢意和祝福。

　　我最想把这本小书献给我的父亲。很难用一两句话来概括父亲，他经常批评我，不留情面地指出我的缺点、短板和不足，但当我遇到困难、挫折和困境时，他又毫无保留地鼓励、支持、追随我。父亲的内心总是充满矛盾，他希望我平静、平安、平淡地度过一生，却又经常教育我要有修身齐家、治国平天下的胸襟；他希望我待在闺阁中像花儿一样开放，但又曾风雨无阻地带我行走中国，最终把我引向世界的最中央。

　　也许我没有活成父亲希望的那个样子，但我做了我自己。大学毕业后我考入浙江广播电视集团，成为浙江卫视的一名新闻记者，我终于走在自己想走的人生之路上，开始寻找属于自己的风景。

　　这本书的缘起，是我参与了系列纪录片《艺术：北纬30度》的创作，在负责导演与撰稿工作之余，也收获了许多镜头之外的"邂逅"。北纬30度线是一条最为耀眼的人类文明带，浙江广播电视集团浙江卫视用了近十年的时间策划并打造了这部堪称巨制的人文纪录片，大家通过不懈努力，共同守望文明薪火，用纪录片的独特方式，记录兴衰，见证传承。

尽管拍摄期间辗转多国多地，历经艰辛，但正如玄奘法师当年的西行求道，文明的洗礼值得一切的颠沛流离，我通过这份工作谋生且谋爱，追随前辈慎终如始的工作态度，秉承浙水的情怀与风骨，以目光仰望，用脚步丈量，在浩瀚的历史中，寻找文明的真相。

作为一名纪录片导演，我与这个世界以各种方式相遇，穿越岁月，跨过山水。我是一个步履从未停歇的旅人，美丽的风物给予我触动，有趣的故事给予我沉思，只有在不断的前行中才能学会回首，旅途中那些难忘的经历，让我无数次将目光回到自身，回归，前行，如此往复。

世间的生命来去匆匆，多姿多彩，各有归宿。正因如此，一切才有意义。

本书得到了伊朗大使馆、印度大使馆的支持，尤其感谢前中国驻黎巴嫩、伊朗大使刘振堂先生，伊朗大使馆马晓燕老师，从事波斯文化研究的白志所先生，北京外国语大学于桂丽老师，浙江外国语学院环地中海研究院马晓霖院长，四川大学道教与宗教文化研究所李翎研究员和包钰等良师益友的帮助，同时感谢本书责任编辑钱丛、潘玥岑，他们用了最大的耐心和热爱，使这本书得以顺利出版。

柳忆嫒

于杭州西湖北山

2023年6月

图书在版编目（CIP）数据

菩提与樱桃：从印度到波斯 / 杨忆媛著. —— 杭州：浙江人民出版社, 2023.10
　ISBN 978-7-213-11042-9

Ⅰ.①菩… Ⅱ.①杨… Ⅲ.①游记-作品集-中国-当代 Ⅳ.①I267.4

中国国家版本馆CIP数据核字(2023)第059066号

菩提与樱桃：从印度到波斯

杨忆媛　著

出版发行	浙江人民出版社（杭州市体育场路347号 邮编 310006）
	市场部电话：(0571)85061682　85176516
责任编辑	钱　丛　潘玥岑
责任校对	杨　帆
责任印务	刘彭年
封面设计	石振兴
电脑制版	杭州天一图文制作有限公司
印　　刷	浙江海虹彩色印务有限公司
开　　本	880毫米×1230毫米　1/32
印　　张	8
字　　数	158千字
版　　次	2023年10月第1版
印　　次	2023年10月第1次印刷
书　　号	ISBN 978-7-213-11042-9
定　　价	58.00元

如发现印装质量问题，影响阅读，请与市场部联系调换。